saikyou ranking … seitotachi to
syuudanteni shi… kyoushi no ore, …
mob kara kensei eto nariagaru.

最強ランキングがある異世界に生徒たちと集団転移した高校教師の俺、モブから剣聖へと成り上がる

author 逆霧
illustrator 東西

CONTENTS

君《きみ》島《じま》結《ゆ》月《づき》
重人と共に転移した女子生徒。
生還不能の魔物の巣窟に送られ窮地に。
助けに来た重人との逃避行の中、
徐々に彼に惹かれていき――

控えめに言ってもミレーは美人だ。
俺はドギマギしながら
女性特有の柔らかい感触を
腕を通して感じていた。
楠木《くすのき》重《しげ》人《と》
高校教師。教え子と共に異世界に転移する。
神に与えられた能力は貧弱だが、
転移前から鍛えていた剣術が秘める力は未知数

「シゲトさんは、もしかして高いところが？」
ミレー
転移してきた異世界人を出迎える
天空神殿の神官。
世話係として異世界に戸惑う重人を支える中で、
彼の責任感の強さに心を打たれる

「君島ぁあああ！」
水面が間近に迫る中、
引き絞られた弓が放たれるように、
俺は一気に抜刀した。

最強ランキングがある異世界に生徒たちと集団転移した高校教師の俺、モブから剣聖へと成り上がる

逆霧

ファンタジア文庫

3322

口絵・本文イラスト　東西

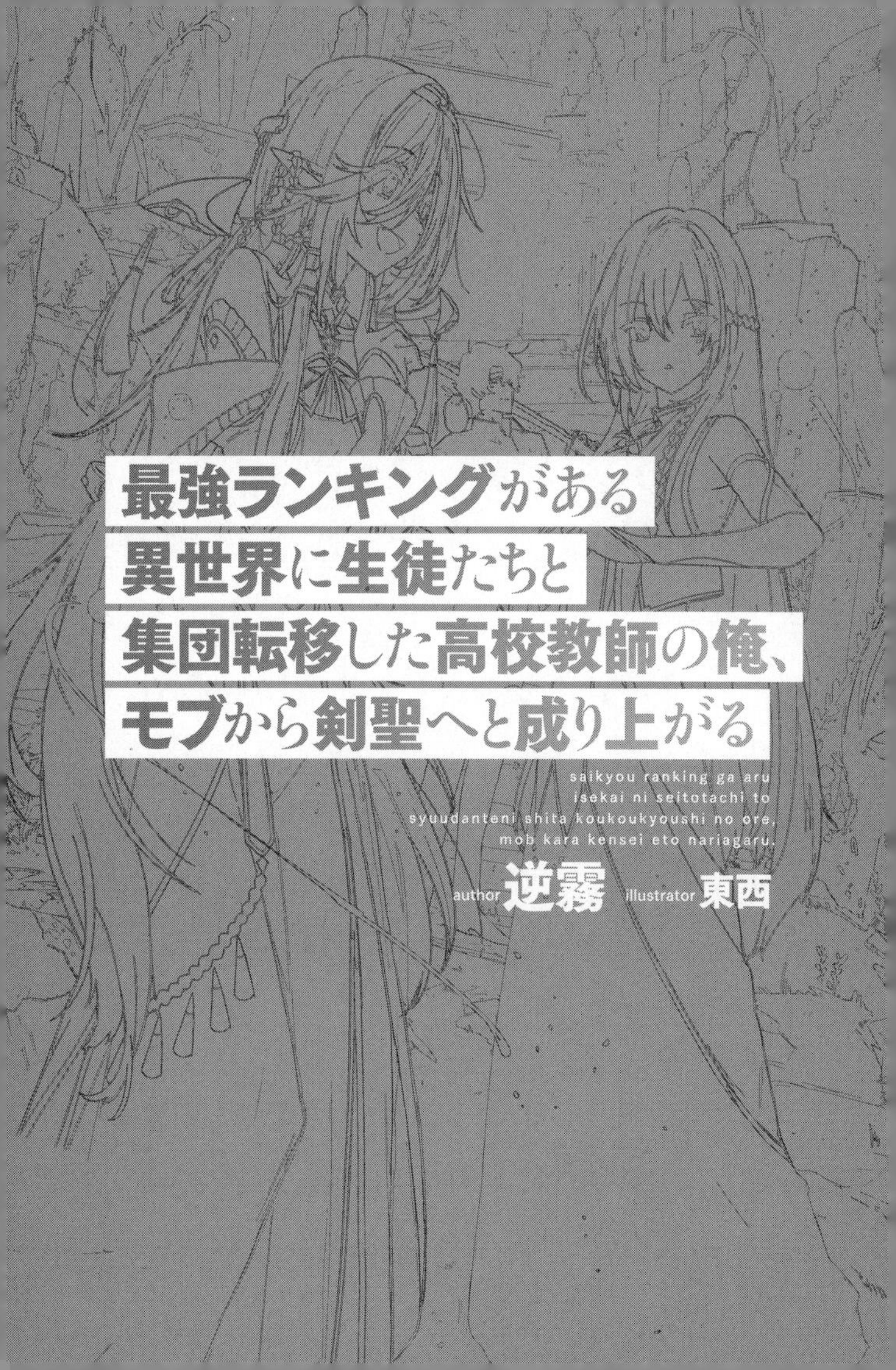

最強ランキングがある異世界に生徒たちと集団転移した高校教師の俺、モブから剣聖へと成り上がる

saikyou ranking ga aru
isekai ni seitotachi to
syuudanteni shita koukoukyoushi no ore,
mob kara kensei eto nariagaru.

author 逆霧 illustrator 東西

第一章　ドアの向こう

剣道の全国高校総体、県大会決勝。僅差で敗れ、悔しそうに俯《うつむ》いて泣いている生徒達を前に俺は何を伝えれば良いのだろうか。

去年まで、我が校の剣道部は剣道界では有名なカリスマ教師が顧問をしていた。その先生が転勤し、居合の道場を開いていた祖父の事を知っていた校長が俺を次の顧問に指名した。だが居合の経験はあっても、剣道未経験の俺には生徒が望む指導など出来なかった。

そんな俺が顧問になることで失望をし不満を持った生徒も居た。

それでも、今まで鍛えられた二年三年のメンバーは強く、県大会の二位という結果を出すに至り、前日の個人戦では主将の堂本《どうもと》恭平《きょうへい》が見事に優勝し、全国大会の切符を手に入れていた。女子も三年の君島《きみじま》が個人戦で三位という結果を残している。

「団体戦は惜しかったが、堂本の全国大会に向けての練習に付き合ってくれ」

「チッ……。剣道の事なんて何もわからないくせに……」

三年の小日向《おびなた》がボソッと呟《つぶや》く。コイツは俺に対する敵愾心《てきがいしん》が特に強かった。

「と、とりあえず、閉会式だ。二位は十分良《い》い成績なんだ。胸張って出てこい」

俺はなんとか、生徒達を閉会式の会場へ行くように促した。

ここは体育館の二階にある観覧席だった。各校の選手達は観覧席に場所を確保し、使用していた。下を見れば、既に体育館の一階のフロアでは閉会式の準備が始まっていた。

「おい一年！　ラウンジに俺の竹刀袋置いてきちゃってさ。誰か取ってきてくれ」

出掛けに三年の佐藤《さとう》が観客席に座っていたジャージ姿の一年に向かって声をかける。そばに居た仁科《にしな》が「はい。僕が行きます」と返事をして付いていく。

観覧席の後ろのドアから廊下に出て階段を下りればすぐに会場に出られるはずだった。

重い鉄のドアを引き開け、堂本が出ていく。それから他の生徒達が続いて出ていく。俺も生徒達の後からドアをくぐり廊下に出た。

扉を抜けて数歩歩いたところで、ドンと前を歩く仁科にぶつかった。先程の生徒達の反応に少し考え事をしていた俺は、慌てて仁科に謝る。

「ああ、悪い。……ん？　どこだ？　ここは……」

俺は違和感を覚え周りを見回す。体育館の廊下のはずなのだが、周りはゴツゴツとした岩に囲まれ、まるで洞窟の中のような場所に思えた。振り向くと出てきたはずのドアも見

当たらない。先に入った堂本も困惑したようにあたりを見回していた。

「先生、ここは?」

仁科が少し怯《おび》えたように聞いてくるが、俺にもそれに答えることが出来なかった。

周囲を見回すとどうやら薄暗い洞窟のようだが、それなりに明るさはある。目の前には石で出来た祭壇の様な人工物があり、光はその上、数メートル程の高さの天井部分に丸く穴が開いていて、そこから漏れてきているようだ。

俺と同じように生徒達も戸惑い、声を上げる。その時堂本が祭壇の様なものの方に向かって歩いていくのが見えた。俺は嫌な予感がして声を上げる。

「堂本! むやみに触るなっ」

堂本が祭壇に近づいた瞬間だった。天井からの光が完全に真上に来たのか、光の束がピッタリと祭壇の形に合うようにまっすぐ上から照らされる。

キィィイイイ!

その瞬間。祭壇も光に呼応するかのようにまばゆく光を発し、洞窟一帯を明るく照らす。

眩《まばゆ》すぎる光の中で、俺は得体のしれない何かが体に流れ込んでくるのを感じた。

そしてその力が溢《あふ》れ出《だ》し、爆発するかのような衝撃が体中を駆け巡り……。

……そのまま意識を失った。

◇◇◇

「ん……ん？」

どのくらい意識を失っていたのだろう、目を開けると俺はベッドの上に寝かされていた。

慌てて起き上がるがクラっと目眩《めまい》に襲われ、腰が抜けたように立ち上がるのに失敗する。

……ここは？　生徒達は？

寝ていた部屋は八畳ほどの洋風の部屋だった。辺りを探ると靴はベッドの脇に置いてあった。着ていた服も畳まれて棚の上に置かれており、自分は寝間着の様な服を着ている。

少しずつ頭がクラクラする感覚が落ち着いてくるのを感じ、なんとか元の服に着替える。

足取りはまだ怪しいが、生徒達の無事を確認しないといけない。靴を履き、やっとの思いでたどり着いたドアを開け外を覗《のぞ》く。……ドアの外は長い廊下が続いていた。

そのまま廊下に出ると、右手の方から気配がした。軽く身構えながらそちらの方を見ていると、階段から一人の女性が顔を出す。女性は聖職者が着ているような服に身を包んでいた。顔の作りは西洋人を思わせる、髪も金髪のため尚更《なおさら》だ。その流れるような金髪からは長めの耳が飛び出ていた。

女性は階段を上るとこちらの方に向き、すぐに俺に気がつく。そして少し驚いたような顔をした後に、すぐに笑顔を見せ向かってきた。

「すみません。ここは……？」

「[redacted]」

「え？」

な、何を言っているんだ？　それどころかこれは言葉なのか？　英語やフランス語、中国語、俺の聞いたことのある言語と比べても全く異質な発音が続く。

「すっすまない。……言っていることが、わからないんだ」

「[redacted]？」

女性はすぐに俺が言葉を理解出来ないで居ることに気がついたようだ。自分に付いてくるようにとでもいうような動きをする。俺は意を決して女性の後をついていく。

女性はもと来た階段を下り、ひとつ下の階に下りていく。この階も先程の階と同じ様に廊下が続いていた。そして廊下を進み一つの部屋の前で立ち止まった。

案内された部屋はそれなりの広さがあり、何個ものテーブルが並んでいた。学食などの食堂のような感じだ。部屋の中では生徒達が楽しそうに食事をしていた。

「おお、お前達無事だったかっ！」

俺の声に生徒達がこちらを振り向く。だが無事な姿に安心した俺と比べ、どうも生徒達のリアクションが薄い感じがする。

「ん？　どうした？　お前ら……」

気になって聞くと堂本が答える。

「ああ、先生……。起きたのか」

「え？　いや、それは起きるだろう。……ん？　俺は、そんなに長く寝ていたのか？」

「三日くらいかな、あの光は年寄りにはきついらしいな」

「と、年寄り？」

堂本の言葉に生徒達がクスクスと笑みを浮かべる。三十二歳の俺が年寄りかよ。それより、光？　そういえばあの祭壇で天井から差し込む光が部屋全体に充満するように光っていたのを思い出す。確かにあの光の後の記憶がない。

それにしても三日も寝ていたのか？　何がなんだか分からない。聞きたいことが多くて頭が混乱しているが、まずは生徒が全員いるかを確認しないと。

たしか、あの時に閉会式に向かった男子の選手は五人、三年の堂本恭平、小日向明《あきら》、佐藤哲也《てつや》、辻大慈《つじだいじ》、二年の池田智紀《いけだともき》。女子は個人戦に出た三年の君島結月《ゆづき》、一年は仁科鷹《たか》斗《と》か。ん？　なんで一年の女子の桜木美希《さくらぎみき》が居るんだ？

「桜木？　あのときお前も居たか？」

「ははは。たまたまおトイレに行こうとして、一緒に」

「そ、そうか。……それでここはどこなんだ？」

生徒達に尋ねると、小日向がニヤリと笑いながら答える。

「異世界ってやつだよ。オッサンには分からねえだろ」

小日向の口の利き方に、不快感を感じたがグッと堪《こら》えながら聞く。

「異世界？　何を言っている？」

「おいおい。年取ると順応性も落ちるってわけか？」

小日向は更に口汚く馬鹿にするように話す。これには流石《さすが》に俺も注意をする。

「おい小日向。もう少し口の利き方がある――」

「うるせえよ！　ここは日本じゃねえんだ。教師ヅラするんじゃねえよっ！」

「なっ何っ？」

小日向の言い方に思わず絶句する。すると主将の堂本がすっと俺の前にやってきた。

「目が覚めたばかりで状況が把握出来ていないのは分かるが、俺達はこの三日でもう現実世界に帰れないって痛いほど思い知らされたんだ」

「か、帰れない？」

「……ついてきな」

堂本が立ち上がり窓の方へ俺を促す。俺は堂本に言われるまま窓の方に近寄る。

窓の外には見たこともない異様な光景が広がっていた。

俺達のいる建物は小さな小島のようなところに建っており、さらにその下には海ではなく雲が見えている。周りには同じような小さな島のようなものがいくつも浮かんでいて、中でも数個の大きい島には建物が建ち、お互いが吊橋《つりばし》のようなもので結び付けられていた。

すべてが空の上に浮いているようだった。

「な……なんなんだ？　これは……」

「飛ばされたんだ。異世界転移ってやつだ。聞いたことくらいあるだろ？」

「異世界……転移……」

異世界転移、生徒達がよく読んでいるライトノベルやコミックで使われる設定でよくあるのは知っている。それが起こったというのか？　訳が分からない。

俺は必死に落ち着こうと深く深呼吸をする。……するとすぐに心が落ち着いて来るのに気がつく。不思議なくらい心が冷静になっていく。

……うん。大人の俺がしっかりしないと。そう決意をして、生徒達を見回した。

堂本は、そんな俺の表情を不思議そうな目で眺め、説明を続ける。

実際に他の生徒達もあの光を浴びて意識を失ったようだが、それもほんの少しの時間だったようだ。俺だけがこんなにも長く意識を失っていたということらしい。

俺にはこの世界がファンタジーと呼ばれる空想の世界に思えた。実際に魔法などもあるらしい。堂本《どうもと》が人差し指を立てるとその先に小さな火がポッと灯《とも》る。驚く俺を見て、辻や佐藤がクスクスと笑うが、もう俺には反応すら出来なかった。

堂本が言うには、俺達の世界をはじめ、この世には様々な異世界というのが存在するという。その各々《おのおの》の世界では時々次元に歪《ゆが》みが発生するらしく、その歪みに落ちた先が、この世界だったというわけだ。

そういった話は、先ほどの女性や、ここにいる聖職者達から教わったらしい。

「教わったって、お前達はここの人達の言葉が解《わか》るのか？」

「そうか。まだアンタには解らないのか」

そう言うと、俺をここまで連れてきてくれた女性の方に向かって堂本が何やら喋《しゃべ》りかける。「[redacted]」と、あの女性が使っていたような意味不明の言語でだ。

女性は、了解したようにすぐに部屋から出ていった。

「ここでは……日本に居た時の常識で物を考えないほうが良いぜ。すべてがぶっ飛んでる」

「……どういう事だ？」

「この世界の言語は一つしか無い。だから方言も無ければ、異国間の言語の壁もない」

「言葉が、一つだけ？」

「そう。言葉は神から与えられる物だということだ。生まれた子供もそのままでは何歳になっても言葉は覚えない。そして、適齢期になると『知恵の実』を食べさせられる」

「知恵の実？　……アダムとイブの、か？」

「似たような物なのかもしれないな。そしてその時初めて子供は言葉を覚える。言葉は学習するものじゃない。神から与えられるものなのさ」

「……なんだ、それ」

「ここは地球とは違う。全てがだ。分かるか？　俺達とアンタとの関係も、もう教師と生徒という立場関係で考えるな。もう別世界の話だ」

堂本は語尾を強め、俺に言い放つ。俺は堂本から目を離すことが出来なかった。

「……それでも、お前らは学生で、俺は教師なんだ」

「ふっ、いつまでそんな事を言ってられるかな」

そこへ先程の女性が手に籠を持って近づいてくる。

女性は籠からリンゴの様な果実を取り出し、俺に差し出す。俺がそれを見て固まっていると、堂本が食べるように促した。俺はその果実を受け取った。

……この状況。……食べるしか無いか。俺は恐る恐る果実に口をつける。

シャクッ。

日本のリンゴと比べてかなり酸味が強い。食べたが何かが変わる感覚は……無いな。それはそうだ、効果があるとしても胃や腸で消化でもしないと――。

「お味はいかがですか？」

「……えっ？　はい？　いやっ。言葉が……」

ミレーと呼ばれた女性が俺に話しかけてくる。今度は完璧に通じてしまった。くっそ。全く理解出来ない。窓の外の景色などから見ても、これは本当に起こっていることなのだろう。俺は受け入れざるを得ないという事実に追い詰められる。

「な。分かっただろ？　日本での感覚は早めに捨てたほうが良い」

「あ……いや……だが……」

「そろそろ行く。ここに居られる時間もそんなに長くないんだ。後の事はミレーに聞けよ」

そう言うと、堂本は他の生徒達に声をかける。

「先生……。大丈夫？」

一年の桜木が俺を心配するかのように声を掛けてくる。仁科《にしな》もそれに気づき一瞬立ち止まるが、後ろから辻が「一年！　早く来い！」と声を張り上げる。

教師と生徒の人間関係より、先輩と後輩の人間関係の方が気をつけた方が良いことは俺も解る。一年二人が見せた気遣いの態度だけで俺は救われたような気分になるものだ。

「大丈夫だ、俺はこの女性に説明をしてもらう。お前らも気をつけてな」

二人をそう送り出し、俺はミレーから話を聞くことにした。


広い食堂に二人だけになる。

「君は、俺の……。俺達の陥っている状況が解るんですね？」

「はい、この世界では時々起こることですので」

「他にも同じような？」

「そうですね、ここはそういう別の世界からの入り口でもありますので……」

「それは、拉致や誘拐のような？」

「いえ、それは違います。自然現象として世界と世界の間に歪みが生じるといわれております。そしてその歪みに落ちたものを神がお救いになっていると」

「……歪み？　神？」

「はい、歪みがなぜ起こるかは私どもにはわからないのですが」

「それでその神というのは俺達の世界の神なのか？　この世界の神なのか？」

「両方の世界の神と聞いております」

「両方の？　それで元の世界に帰る方法は？」

「今まで帰還したという話は……」

「だが、俺はまだしもあの子達はまだ子供だ。元の世界には親もいれば友達もいる。その全てを捨ててこっちの世界で暮らせというのか？　親御さん達だって自分の子供が突然居なくなればどれだけ悲しむと思うんだ？」

「お、落ち着いてください！」

気づけば俺は少し興奮して彼女に詰め寄っていた。この子が悪いわけじゃない。流石に気まずい気分になり、ミレーから体を離す。落ち着かないといけない。そう自分に言い聞かせ深く深呼吸をする。すると先ほどと同じように不思議なくらい気持ちが落ち着いてくる。

「すまない」

「いえ……。お気持ちは分かりますので……」

「そういえば自己紹介もまだでしたね。私は楠木重人《くすのきしげと》と言います。楠木が名字、家名と言ったほうが良いのでしょうか。名が重人といいます」

「シゲトさん、ですね。私はミレー・ウラニアと申します。ミレーとお呼びください」

少し落ち着いて目の前のミレーを見る。確かに日本人とはだいぶ違う。ついマジマジと見つめてしまい、ミレーは少し恥ずかしそうにうつむく。

しまった。俺は慌てて謝罪を重ねる。

ミレーは俺が落ち着いたのを見計らい、食事を用意しますと食堂の奥に向かっていった。

言われてみれば随分腹が減っている。三日も寝ていたのなら当然か。

それからミレーに聞かされた話は、俺にとってはかなり理解しにくいものだった。だがミレーが言うには生徒達は割とすぐに受け入れたらしい。家族や友達から離れて二度と会えない現実をそんなに簡単に受け入れられるのか。

納得出来ない俺にミレーは洞窟で光を浴びたのを覚えているかと聞いてくる。

「気絶する前に、何か自分の中に色んなものが入ってくるような感覚は覚えています」

「一説によるとこちらの世界に来た人達が、こちらの世界にすぐにでも馴染《なじ》めるように体や心を調整していると言われています。神の光ともいわれていて、あの光を受けることで異世界に無い魔法の力や精霊の守護などを得られるのです」

「心を調整？　それでなのか。確かに俺も日本へ帰れないという事に関しては……」

「その時に心の縁も切れる。そんなような作用が在るのだろうといわれているんです」

「なるほど……。気持ちが不安になっても深呼吸をすると心が落ち着くのもそうなのか」

「深呼吸で？」

「はい、今までなかった感覚なので」

「それは……うーん。あまり聞いたことが無いですが……」

ミレーは俺の話に首を傾《かし》げる。

それにしたって俺にだって親も居れば友達もいる。冷静に考えると何故《なぜ》そこに関してそこまで心が苦にしていないのか不思議だ。なるほど、調整か……。

それはそうと……。

「そういえば今、魔法って言いましたよね？　もしかして先程、堂本が俺に見せたやつですか？　その、俺もそういった力を？」

「魔法などは個人差も強く人それぞれではあるのですが……その、実は光を受ける年齢が若ければ若いほど、力を受け入れやすく、より強大な力を得られるということがあるのです。……シゲトさんは魔法をどの程度使えるかはまだ」

ううむ。三十二という年齢は若いと見られないのか。教師という教育の現場にいると完全に駆け出し扱いであるし、気持ちでは完全に若いつもりでいただけに軽くショックだ。

「その魔法の力？　というのは、すぐに確認出来るのですか？」

「それは後ほど調べてもらえますので。その前に先に軽く世界の説明をさせてください」

「え？　ああ。そうですね。お願いします」

魔法が気になるのは確かだが……。そうだな。ちゃんと説明を聞かないと。

ここ、天空に浮かぶ島々は全てこの世界の神を祀《まつ》る神殿だということだった。神は唯一神ということで、この世界にはこの神を祀る宗教しかないという。

それから、異世界から来た者は六日目には神殿から下界へと降りる決まりがある。

この天空神殿は異世界からの入り口でもあり、聖地の一つとして通常は許可無き者は入れない場所ということだった。そして異世界より転移した者は神に招かれた客人として扱われ、滞在を許可される。その期間が六日間という日数だということだ。

「六日……ですか？　ちなみに私の寝ていた時間は」

「……含まれてしまいます。しかし下界の神殿でフォローする事も出来ますので」

堂本が「時間がない」と言っていたのはこの事だったのだろう。今はそれぞれの資質に合わせて、魔法の使い方など戦い方の訓練をしているようだ。それからこの世界の文化や常識的な物もその間に教わるという。

「戦い方？　この世界は戦い方を学ばないとならないほど危険なのですか？」

「そうですね、この世界には多くの魔物も居ますし、人間同士の諍《いさか》いもあります。当然身を護《まも》るすべはあったほうがいいと思います」

「そんな……」

「しかし異世界よりいらっしゃって祭壇の光を浴びた方は一般の人々より神から与えられる能力が強いので、普通に暮らしていく分にはさほど問題にならないと思います」

「それでも、私のように年齢が高いと受け入れられる力も弱いと、そういうことですね」

「はい……。こうしてシゲトさんが目を覚ますのに時間がかかるのも、年齢が高い方ほどこの世界の力に馴染むのにより時間がかかってしまうからなのです」

「……なるほど」

「あっ。でも、あくまでも傾向ですので、まだ検査を受けてみないと……」

「そうですね、ありがとうございます」

さらに、神殿から下界に降りた後の生活の話を聞く。

先程の話のように転移してきた人間の能力は、直接神の光を受けるため、この国で生まれた人間より高い傾向にあるという。その為《ため》人材を欲《ほっ》する国から登用の打診が来るらしい。

大抵はその条件を見ながら、好きな国に行ってそこで生活をしていくという。

「私達のように異世界へ渡ってくる人は多いんですか」

「そうですね、年に数回くらいは」

「そ、そんなに？　それじゃあ下界には日本人がいっぱいいるので？」

「いえ。一つの世界からの入り口は同じ祠《ほこら》にしか繋《つな》がらないのです。ニホンの方は『余戸《よど》の祠』からいらっしゃるのですが、十数年ぶりに開いたと聞いています」

それでも、日本人がこの世界に何人かはいるようだな。

祠は多数あり、祠の開き方もそれぞれ違うらしい。毎年のように開く祠もあれば、日本からのように十数年に一度開く祠、さらに数百年開いていない祠もあるという。

中には、危険な人物の出やすい祠等もあると聞く。

そうこうしている間に食事も終わり、俺は神官長の所に案内してもらうことになった。

建物内を歩いていくと、下の階に体育館の様な広い一室があり、そこで生徒達がこの世界の戦士の様な人達から剣術などを教わっていた。思わず足を止め開いていたドアから生徒達を眺める。それを見てミレーが笑って教えてくれる。

「今日は武器の使い方を説明しているようですね。槍《やり》を希望した方もいらっしゃいましたが、割と皆さん剣を選んでいましたよ」

「彼らは日本で剣の練習をしていましたからね。でも指導をしてもらえるのは良かった」

しばらく眺めた後、体育館の様な一室を後にして再びミレーについて歩いていく。

「皆さんはかなり優秀なんです。特にキョウヘイさんは、階梯《かいてい》をまだ上げていないのにすでにランキングで五桁だと聞きます。百年に一人と言っていいくらいの逸材ですよ」

「ん？　ランキング？　なんですかそれは」

「神民《しんみん》位譜《いふ》、というものがありまして。この世界に住む人達の……強さのといいますか、魔力や身体能力の数値で順位が付けられているのです」

「……世界の住人全員の強さですか？」

「そうですね。現時点での……ランキングですが」

「なんと……」

強さのランキングとか……ホントかよ。

驚いているとミレーは建物の外に出ていく。そしてそのまま浮島の端から違う浮島へ繋がる吊橋《つりばし》のようなものに向かって歩いていく。

げっ……。マジか、この吊橋……揺れてるぞ？

思わず立ち止まった俺に気がついたミレーが、心配顔で近づいてくる。

「シゲトさんは、もしかして高いところが？」

「あまり得意じゃないですね、お恥ずかしい」

「いえ、私どもは慣れていますが、やはり初めての方は抵抗があるみたいです」

そう言いながらミレーが俺の腕を取る。俺の不安を払拭《ふっしょく》してくれようとしているのだろう。二人くらいなら並んで通れる幅の橋を二人で渡っていく。

控えめに言ってもミレーは美人だ。俺はドギマギしながら女性特有の柔らかい感触を腕を通して感じていた。高所の恐怖なんて忘れた俺は、気がつくと橋を渡りきっていた。

「がんばりましたね」と微笑《ほほえ》みかけてくるミレーに、なんとも尊い気分になる。

吊橋を渡り終わった俺達は、そのまま神殿と思われる建物に入っていく。

神殿の中を歩いて連れてこられたのは巨大な円卓の在る広い部屋だった。数十人は座れそうな円卓には年配の神官と、中年の神官が三人座って何かを話していた。そして机には何個かの水晶の様な物やら羅針盤のような物、様々な不思議な物が置いてある。

「神官長。転移者の方をお連れいたしました」

「ようこそ、神官長を務めさせていただいておりますグレゴリー・バルトロと申します」

「あ、ああ……。ありがとうございます。私は楠木重人と申します」

グレゴリーは好々爺《こうこうや》といった優しい笑顔で俺に挨拶をしてくる。

「聞いていると思いますが、軽く能力の検査をさせていただきます。己の能力を知ることで、ご自身の今後の生活についての参考になればと」

「わかりました。よろしくお願いいたします」

そう言うと、隣にいた神官が机の上に置いてあった水晶のような珠《たま》を指し示す。

「それではまずこの珠に触れていただいてよろしいでしょうか」

こうして検査が始まった。

初めに触れるように言われた珠は、魔法の力の源に成る「魔力」を測る物だった。魔法を使うにはこの魔力が必須らしい。俺は少し緊張しながらその透明な珠に触れる。

どのくらい触っていれば良いのか不安になり始めた頃。珠の周りが仄《ほの》かに光り始めた。

「ふむ。良かったです。多少魔力は定着したようですね」

「ほ、本当ですか？　魔力って使えない方もいらっしゃるんですか？」

「この世界の住人では魔力を持たない者はいませんが、異世界の方だと神の光を受けても魔力が定着しないという事はあります。年齢が高いほどその確率は上がりますね」

「なるほど……」

それから今度は違う珠を触るように言われる。珠は何個かあり、魔力の属性傾向を見るものだという。全ての珠を触り終わると神官がメモを取りながら教えてくれる。

「属性の傾向は無属性ですな。多少風の属性がありそうですが」

「はあ」

やがて身体能力まで測る道具が出てくる。これらも魔法の道具というやつなのだろう。

しかしどの道具の結果も「おお！」みたいな反応が出るわけでもなく、淡々と進んでいく。

聞けば、検査道具の光り具合を見て、後は神官の経験でランクのようなものを付けているらしい。眩《まぶ》しい光なんてなく、ひたすら仄かな光が続いていた。

「お疲れさまでした。これで終わりになります」

一連の検査が終わり、俺は少し気になっていた事を尋ねる。

「その、俺の順位ってどのくらいだったんですか？」

「順位？　……ああ神民位譜ですか？　それはまだです。この世界の神民登録をすることで出るのですが、今日されていきますか？」

「え？　神民登録？　それってどういうものですか？」

「身分証の様なものです。国家の枠を超えてこの世界の殆《ほとん》どの方が登録していますよ」

個人情報を握られる様な気がして抵抗は多少有ったが、生徒達はすでに登録をしてあるという。ここまで来てゴネるなんてことも、同調圧力に弱い日本人には耐え難《がた》い。

「それではお願いいたします。何度もあの吊橋を渡るのもキツイですしね」

俺がそう言うと神官はホッとした顔になる。やはりゴネるのも居るのだろう。

その後俺は違う部屋へ案内された。歩きながら建物内を見ていたが、この建物は神殿のような感じはしない。むしろ何か役所のような感じがする。

部屋に入ると、ミレーがカウンターの向こうにいる女性の神官と何やら楽しそうに話をしていた。俺を案内してくれた神官が「ゴホン」と咳《せき》ばらいをすると二人は慌てて会話を中断する。振り向いたミレーが俺に気が付き笑顔を見せる。

「シゲトさんお疲れ様です。検査は無事に終わりました？」

「あ、はい。なんとか」

ミレーの笑顔に癒やされていると、案内してくれた神官が女性の神官に声をかける。

「シゲトさんの神民登録をお願いします」

「はい。了解しました」

すぐに仕事モードの顔にチェンジした女性が俺の方に向き直る。

女性の神官は俺が登録する気持ちに変わりないことを確認すると、俺の左手を取り、袖をまくり注射でもする前のように、何か場所を考えている。

「余り見えやすくても良くないので、腕の内側か、肩の辺りに刻む方が多いですね」

わけも分からずにうなずくと……。女性は肩の辺りで良いかと決めていく。

「ちょっと我慢してくださいね」

その瞬間チクリと何かを刺される。そこまで痛いわけじゃなかったが俺は反射的に腕を引いてしまう。ただ、残念ながら女性に押さえられた左手はびくともしない。

痛みは一瞬だったためすぐに落ち着いて肩を覗《のぞ》き見る。すると皮膚の上に何やら光る文字が浮き上がり、グルグルと渦巻いていた。あまりにも怪異な現象に言葉も出ずにただ見つめていると、やがてその文字の動きも緩慢になり、幾何学的な文様へと変わり始める。そして文字が動かなくなると、腕に入れ墨のように文字が定着していた。

「はい。神民録《しんみんろく》の作成はこれで終了です」

「神民録？」

女性は自分の神官服の袖をまくりあげると、俺が今付けたような入れ墨を見せる。

「これをこうして……」

入れ墨の角の方にある図形になった部分を指で押しながら摘《つま》むような動きをしてみせる。なんだ？　と見ていると、ぺろっと入れ墨がそのままカードの様に剥がれた。

「なっ！」

驚きに目を見開く俺を、楽しそうに眺めながら女性は剝がした神民録を見せる。

「初めて見ると不思議ですよね。それではやってみましょうか」

俺は教わりながら自分の腕から神民録を剝がす。やり方はたいして難しくもない。そしてその神民録は元の場所に貼り付ければまた元の入れ墨のようなものに戻る。

「大丈夫そうですね。それでは神民録を見てもらってもよろしいですか？」

「あ、はい」

言われるままに神民録を見るとなにやら情報が書かれている。

79，539，831位

クスノキ　シゲト

【守護】　オリエント

【階梯】　一

【異界スキル】　菊水景光流《きくすいけいこうりゅう》『中伝位《ちゅうでんい》』　集中

ん？　いち、じゅう、ひゃく……ほぼ八千万位って……わけがわからないな。この世界の人口がどのくらいか分からないがどうなんだ？　堂本《どうもと》が五桁とか言ってたが……。

悩んでいると女性が俺の神民録を覗き込みながら説明を始める。

「守護とはこの世界に転移した方に必ず付く精霊の守護です」

「精霊の守護？」

「はい。この世界にいらした転移者には必ず精霊の守護が付きます。この世界で生まれた住人では守護を持っていたり居なかったりしますが、やはり守護があればその精霊の恩恵を十分に受けられるので良いと思いますよ」

うんうん。なんとなく自信が出てくるな。

「今回シゲトさんと一緒にいらっしゃった方々は、かなり良い守護を授かっていましたね」

「精霊にも良い悪いがあるんですか？」

「はい。精霊位と呼ばれる精霊の格があるのです。驚いたことにキョウヘイさんは聖極《せいきょく》三柱の一柱『クレドール様』の守護を得ていらっしゃいます。勇者とか英雄としての人生が確約されているようなものです。数百年に一人居るか居ないかの素晴らしい守護ですよっ！」

「お、おお……？」

さらに二年の池田《いけだ》と一年の桜木《さくらぎ》は聖戴《せいだい》八柱といわれる精霊の守護を得ているという。

さっぱり分からない俺に説明してくれる。

精霊位は全十二位の位が付いていて、先程の堂本の聖極といわれる精霊は一位、池田と桜木の聖戴といわれる精霊は二位となる。他の生徒達も全員が大精霊といわれる上位の精霊達が守護になっているという。これはかなり凄《すご》いことらしい。

「ちなみにこのオリエントというのは？」

俺が尋ねると女性は少し困ったような顔をする。

「すみません、オリエントという精霊は登録されていないようです」

「え？　どういうことです？」

慌てたように聞き返す俺に、なだめるように女性が答える。

「この精霊位というのは、私どもの初代教皇が制定したものなのですが、あまりにも精霊が多いため、その全てを網羅しているわけではないのです」

「はぁ……」

その時、隣でジッと見ていたミレーが女性の神官に声を掛ける。

「そういえばシゲトさん、心が乱れた時にゆっくり深呼吸をすると心が落ち着くらしいのです。もしかしたらそれって精霊の特徴なのかなと」

「心が？　なるほど、ありがとうございます。まだまだ情報のない精霊様が居ますのでそういった情報があると大変ありがたいのです」

そう言い、女性は何かをメモする。未知の精霊については常に情報を集めているようだ。

精霊の話でだいぶ時間を使ってしまったが、引き続き説明は続く。

階梯《かいてい》というのは魔物を倒すことで神から与えられるギフトで、階梯が上がれば神から能力の底上げがされるという。いわゆるレベルの様なものらしい。そしてその階梯が上がる時の能力の上昇値は人により違い、より位の高い精霊の守護がつくほど能力の上げ幅は大きいと聞く。

「なるほど……。階梯の上限とかはあるんですか？」

「十階梯が最高位と言われています。しかし十階梯に到達出来る人はごく僅かですね」

「意外と少ないですね。……それで、この異界スキルというものは？」

「それはこちらに来る前の世界で得たスキルなのです。こちらの世界に無いスキルですので分からない物もありますが。ただ……これは何でしょうか、武芸の流派なのでしょうか？」

女性神官が『菊水景光流』の文字を見て首を傾《かし》げる。覗き込むミレーも同じ様に首を傾げる。実際に流派が出てくるのは驚いたが、それ以上に納得が出来ない文字が載っている。『中伝位』だ。剣道で級や段位があるように居合術などにも伝位という物がある。表伝《ひょうでん》位《い》から始まり、中伝位、奥伝位《おくでんい》、皆伝位《かいでんい》、極伝位《ごくでんい》。技術が上がっていけばそれにつれて伝位も上がる。幼少の頃より祖父に鍛え上げられた居合術だ。皆伝とは言わずとも、奥伝位くらいはあると自負していたのだが、『中伝位』か……。

不満げに悩んでいると、心配するようにミレーが「大丈夫ですか？」と聞いてくる。

「あ、すみません。そうです自分の教わっていた武道の流派なんです」

そう言うと二人とも納得する。しかし流派がそのまま異界スキル名として載ることはあまり見られないらしい。

「でも、こちらの世界でのスキルというのもあるんですか？」

「あると言われています。しかしこちらで得たスキルは表示されませんが、覚えるとなんとなく自分でわかるくらいなのです。守護精霊の影響を受けるとも言われていますね」

なるほど、それでも自分の居合がスキルとして登録してあるのはなんとなく心強い。

説明が終わると女性に礼を言い、ミレーと共に元の施設に戻る。途中、歩きながらミレーが少し言いにくそうに言ってくる。

「そういえば、シゲトさんは彼らの教師という立場だと聞きましたが……」

「あ、ああ、一応そういう立場です。どうしました？」

「はい。……一つ気になるのが、アキラさんの守護精霊なのです」

「アキラ？　小日向《おびなた》ですか。彼がどうしました？」

「アキラさんの守護精霊はカンパネラという大変力のある大精霊なのです。ただ、カンパネラは少し精神にムラが出やすいと言われていて、……過去にバーサーカーを生んだ守護精霊でもあったとして有名なのです」

「バーサーカー？」

「狂戦士といわれる者です。怒りに任せ死ぬまで戦い続けたという伝説の存在です」

なんだかヤバそうな話だ。一応本人にも伝えて気をつけるようにと話してあるというが、教師という立場の俺にも伝えたほうが良いと思ったのだろう。だが、元々小日向は特に俺に反抗的だ。きっと俺が口を出しても逆効果になる気がしてしまうが……。

「小日向は元々俺に対してかなり反抗的なので、俺の言葉が届くか……」

色よい返事が出来ない自分が腹立たしく感じた。

「ぶひゃっひゃひゃひゃ。お前ダサすぎだぜ」

「八千万位とかっ。ウケるぜ」

夕食の時間に食堂で思いっきり生徒に笑われる。情けない自覚があるだけに結構堪《こた》える。

小日向がここぞとばかりに笑い飛ばす。三年の辻《つじ》や佐藤《さとう》も同じだ。

「でさあ。八千万位？　どんだけなんだよ。転移者特典とか本当に無かったのかよ」

俺は笑う生徒達を無視して食事を続けている。ランキングを聞かれて普通に答えてしまったが後悔しかない。

「小日向、俺の順位なんてどうでもいいだろ？　それより聞いたがお前の守護精霊は少し気持ちが引っ張られるらしいじゃないか。気をつけろよ」

「はぁっ？　気をつけろ？　いつまでも教師面してるなよって言ってるの」

「そうやってすぐに大人をバカにするような態度だって良くないぞ」

「はん！　この世界はな、強さが全てなんだ。おもしれえじゃねえか。順位で人間の価値が出るんだ。俺とお前との差だって順位という数字で出ているんだよ！」

「……お前には人間の価値が強さでしか見えないのか？」

「順位の出る前からお前は剣道部の顧問として失格だったじゃねえかよ」

「俺はあくまでも顧問だ。剣道を教える役目じゃないんだぞ」

小日向の態度が日本に居た頃と比べても輪をかけてひどい。先程聞いた守護精霊の影響があるのかとも考えてしまうが……。

「やっぱ集団転移で教師はモブ決定だよな」

モブ？　よく分からんが、きっと俺を馬鹿にしているのだろう事は分かる。そんな風に大人を舐《な》めるような生徒達に注意をするのが教師としての役割だと思うのだが、だんだん自信がなくなってきている自分もいる。

その時、机の上を片付けていたミレーが揉《も》め事《ごと》に気が付き近づいてきた。

「アキラさん。そのくらいにしてください」

「なんだよ、ミレー。お前には関係ないだろ？」

「しかし、それではあまりにも先生に……」

窘《たしな》めるミレーに小日向の眼《め》の色が変わる。俺は嫌な予感がしてすぐに間に入る。

「ミレーさん、俺は大丈夫ですから。小日向も、落ち着け」

「しかし……」

「落ち着いてるぜ。俺はよっ！」

憤《いきどお》りが止まらない小日向に君島《きみじま》も焦《あせ》ったように止めに入る。

「明《あきら》君、もうやめてよ」

「んあ？　止めるんじゃねえよ結月《ゆづき》。俺は元々コイツを見るだけでイライラするんだ」

「そんなの、明君、ちょっとおかしいよ。特にこの世界に来てから……」

君島が小日向を止めようとするが、こいつは止まらない。バーサーカーってこういうことなのか？　見るからに感情が抑えられていない。その時、堂本が小日向に声をかける。

「明、そのくらいにしておけ。どうせここから出ればもうコイツとは関わらない」

しかし堂本は俺を庇《かば》うというより、相手にするなという態度だ。俺は思わず口を出す。

「堂本《どうもと》。そうは言っても下の世界だって何があるかわからないんだ、放っておーー」

「アンタに何が出来るんだ？　むしろ危険な下の世界でアンタを守るために俺達が犠牲になるかもしれない。そんな事を考えなかったのか？」

「なっ……いや。しかし……」

「八千万位。この世界には二億人程居ると聞いた。その中で半分は女、残りの半分以上が子供や老人。そう考えれば自分がどれほどなのか解《わか》ると思うが」

「んぐ……」

「俺はこの世界じゃチートともいえる存在の守護を得た。俺だけじゃなく部員達はみんなそれなりの存在から守護を得ている。天位《てんい》だって狙えるといわれている」

天位とはランキング上位百位以内の猛者《もさ》の事を言う。さらに堂本は続ける。

「そこでアンタに何が出来るんだ？　俺達に身の安全を守れとでも言うのか？」

「……」

俺は、堂本の辛辣な言葉に何も言うことが出来なかった。

「な？　解るだろ？　同郷の知り合いがいれば無駄に何かをしてあげないと。そう思う奴《やつ》らだって居る。それが重荷になるとしてもだ」

「先輩、いくらなんでもそこまでは……」

「ああ。そういえば仁科《にしな》のクラス担任だったな。だが情に呑《の》まれると危険だぞ」

「ですが……」

「若いほど恩恵の大きいこの世界で、お前が一番若いんだ。あまり自分を安売りするな」

……やがて一人になった食堂で、俺は食べ終わった食器を眺めていた。

「先生……」

声に振り向くと食堂の入り口で桜木《さくらぎ》がそっとこっちを見ていた。

「あまり気を落とさないでください。みんな、少し気が立ってるんですよ、こんな世界に突然やってきて」

「……心配するな。大丈夫だ。桜木も今日は訓練していたんだろ？　早く休め」

「はい」

「まあ、でも、ありがとな」

「はい！」

俺が礼を言うと桜木は少し気が楽になったのか、笑顔で立ち去る。

その後、ミレーが明日の予定を簡単に説明してくれる。俺達のやり取りを見て、一緒には厳しいという判断をしたようだ。生徒達とは別に予定を組んでくれるらしい。

ミレーに礼を述べて自室に戻ろうとすると、階段で言い争う声が聞こえる。

「なんでだよっ。やっぱりお前も堂本なのか？」

「違うっ！　明君おかしいよ。今日だって先生にあんな……」

どうやら小日向と君島だった。君島の「先生に」という言葉で思わず足を止めるが、俺が階段を上ってきたのに気が付いた小日向は「チッ」と舌打ちをして自室に戻っていく。

「大丈夫か？」

「……大丈夫です」

声を掛けたが、君島は俯《うつむ》いたまますぐに自分の部屋へ向かっていった。

……俺はそんな後ろ姿をしばらく見つめていたが、何も出来ない無力感を感じながら自室に戻った。

自室のドアを閉め、一人になると、少しホッとする自分がいる。色々なことが起こりすぎて疲れてもいた。俺は早々にベッドの上で目を閉じた。

◇◇◇

次の日の朝、遠くの方から響く鐘の音で目が覚める。

ベッドから体を起こし窓からそっと外を見ると、少し遠くの方に大きな鐘の下がった島が浮いているのが見えた。何やら人がそこで紐《ひも》を引っ張っているのが見える。そんな不思議な光景に窓に近づき、しばらく外を眺めていた。

食堂に行くとポツポツと生徒が食事を摂《と》っている。小日向はまだ来ていないようだ。俺が入っていくと一年の二人が黙ったまま軽く頭を下げてくれる。

少し悩んだが食堂では生徒達を刺激しないように、少し離れて食事を摂る。食事は日本から来た俺たちにも違和感はない。サラダを口にしながら生徒の様子をうかがう。

生徒達は魔法を教わったりと、どちらかというとこの世界を楽しんでいるように感じる。

「俺も回復使えればよかったのに」そんな会話が聞こえてくる。魔法か……。たしか、生活魔法というのは使えるだろうと言われたのだが。

食事を終えた生徒達は食堂から出ていく。俺はこの後にこの世界の説明などを受ける話になっていた為《ため》、そのまま食堂で待っていた。しばらくするとミレーがやってきた。

そのまま一階にある広めの部屋に案内された。生徒達が稽古を受けていた体育館の様な広さはないが、それでも剣道の試合コートが一つ取れるくらいの広さはある。

「シゲトさんはここで訓練等を行う予定です。少し狭いですが」

「気を遣っていただいて申し訳ないです。ありがとうございます」

「いえ、お気になさらないでください」


俺は実際に魔法の使い方などを教わる。と言ってもまずは魔法の感覚をつかめるようにと生活魔法といわれるものから教わる。

この世界の魔法はいわゆる超能力の様な感覚に近く、呪文を唱えて発動させるとか、そういう使い方ではないようだ。

その中で生活魔法とは、基礎魔法とも呼ばれ各属性の基本的な魔法で、火属性だと火を灯《とも》す。水魔法だと水を湧かせる。風魔法だと風を起こす。つまり属性というのは力の種類の事で、人々はその力の種類ごとに得手不得手が在るという。

「シゲトさんは風魔法と、無属性でしたね……」

そう言われ、まずイメージをしやすい風の起こし方を練習する。無属性というのは属性が無いわけじゃなく、属性のテストが確立されていないようなレアな属性をひっくるめて無属性という扱いがされており、実際は何らかの属性はあるのだという。

その為、無属性はどのような属性効果のある魔法を使えるのかは分からないというのがネックで、属性傾向が分かれば重力や時間といった非常にレアで強力な魔法が使えることもあるという。夢のある属性でもあるそうだ。

初めは魔法というものの感覚が摑《つか》めなかったが、ミレーは根気強く丁寧な指導をしてくれる。そのおかげもあり、やがてそよ風のような物を出せるようになってくる。

「素晴らしいです。そうです。風は起こせるようになりましたね」

「……でも、この風って何に使えるんです？」

「んー。火をおこすときや、髪を乾かすとき、それから……涼をとるなど？」

「な、なるほど。……生活魔法、ですね」

しかしこんなちょっとした魔法でも、今まで感じたことのない不思議な現象であるためなかなか面白い。調子に乗って風を起こしているとクラクラと目眩《めまい》がしてくる。

おそらく魔力切れの症状だろうということで、魔法の練習は休憩することになった。

魔力を回復させながら、今度はこの世界の歴史の話を聞く。

まずこの世界には二つの大陸があるという。そのうちの一つが「ユグドラシル大陸」そしてもう一つが「イルミンスール大陸」という名前である。

俺達転移者がやってくる前は、この世界の主は魔物達であった。いや、今でも魔物達が主であるのだろう。どちらの大陸も多くの土地は未《いま》だに魔物達の生活圏になっており、人間達の生活圏はそこまで広いわけではないという。その為俺達が居た世界のように安全な場所ではなく、戦闘技術の修得も必須になっているのだと。

それからこの世界の国の成り立ちの話などが続き、そういった国々が自国の繁栄の為に、常に新しい人材を求めている事を知る。俺達のような転移者がやってくると、その能力などが各国へ知らされ、欲しい人材がいれば打診も来るようになっているようだ。

「なるほど。……ちなみに、もう例の雇用の声は来ているのですか？」

「はい、皆さん上位の精霊の守護を得ておりますから、ほぼ全ての国から来ております」

「おお……」

だがきっと俺には声はかかっていない。これまでの流れでなんとなく察する。ミレーもそれを感じたのかなだめるように言う。

「しかしシゲトさんにも声はかかると思いますよ。戦力としてでなく異界の知識を持つものとして。シゲトさんは教師ということですので、知識層を求める国は必ずあります」

「ほ、本当ですか？」

「はい、ご安心ください」

ミレーの笑顔に俺の不安も少し薄らぐ。

なるほど、すべての人間が異界からの転移者、またはその関係者であれば、転移してくる者の知識を求める動きがあるのが普通なのか。冷静に考えればそうだ。だが、教師ではあるが俺は歴史の教師だ。知識がどの程度のものを求められるのかはわからないが少し不安になる。

この世界は様々な世界からの転移者で形成されているために文化はそれなりに発達しているようだ。魔法というものがあるために、例えば地球の科学技術を魔法と組み合わせたりして文明がなりたっているという。

天空神殿の存在を考えると飛行機の様な技術もあるのだろう。それを尋ねると、あるにはあるのだが、空を飛ぶ魔物という危険な存在があるため、一般的ではないらしい。

ではどの様に行き来しているのか。天空神殿と下界とは、転移陣と呼ばれる魔法陣で下界との行き来をしているという。そして転移陣の転移先はこの世界の各国に設置されている本神殿にあり、俺達が下界に降りるときは最寄りの本神殿を選ぶ形になる。

ただ人間がこの世界で生活圏を広げているといっても、まだまだ魔物の世界でもある。モンスターパレードと言われる魔物の大量発生により滅んだ都市もあると聞いた。


その後昼食をはさみ、今度は武技等《など》の実際の戦い方の説明になるという。俺自身は居合を修練していたが、その刀が無ければ居合も出来ない。この世界の武器の説明などもちゃんと聞かなければならないだろう。

近接戦闘に関しては専門の教師が教えてくれる。ミレーが紹介してくれたのはカリマーという長髪で大柄の筋肉質な男だった。

カリマーはまずはと、俺を武器庫へ案内する。転移者はここで一つ武器を提供してもらえ、その選んだ武器でそれに合った戦い方などを教えてもらえるようだ。

「シゲトさんは、どのような武器を希望なされますか？」

武器庫にはずらっと、様々な武器が並んでいる。刀剣類、槍等《やりなど》の長物、鎖のついたような武器など、種別ごとに纏《まと》まっていたため、まずは刀剣類の並んでいる場所を見始める。

当然、居合をやっていた俺としては日本刀が良《い》いのだが……この世界にそんなものがあるなんて期待はしていなかった。

それでも片刃の剣でもあれば御の字と部屋の中を見ていくと、一本の小太刀が立てかけられていた。思わずそれを手に取る。

「やはりシゲトさんもカタナを……。申し訳ありません、通常のサイズのカタナは先にあの子達が選んでしまい、今は在庫がそれしか……」

「あ、いや。私達の世界の武器ですから、彼らが選ぶのは当然ですので。……そうですか、過去に転移してきた同郷の者がこの武器をこの世界に残したのですね」

「そうですね、下の世界でもなかなか人気のある作りですが、それなりに作り手を選ぶようで数が多いわけでは無いんです」

「なるほど……。見てみても？」

「どうぞ、手に取ってみてください」

カリマーに言われて俺は小太刀を手にする。小さいながらもグッと手にかかる重さが刀を実感させる。鍔《つば》に親指をあて、鯉口《こいぐち》を軽く切る。ちゃんとハバキまで付いている。すっと刃を抜き、目の前に掲げる。刃には波打つように紋が立ち、日本刀のそれと比べて遜色のない作りに感じる。

「これは……小太刀？」

……大したものだ……互の目か。ここまで綺麗《きれい》な紋様を入れられるのか、この世界は。

俺は若いころから日本刀は当たり前のように扱っていた。生徒もまったくいない無名な流派だったが。古い伝えを実直に守る祖父から常に真剣での稽古を言い渡され、大学進学で家を離れるまで刀に触れぬ日など無かった。

爪に刃をあてすっと引き、切れ味を確認する。問題無さそうだ。俺はそれを鞘《さや》に戻す。戻りの感覚も良い。何度か抜いて納めてを繰り返す。鞘の走りも申し分ない。

よし。問題ない。小太刀の技も稽古はしている。

「これを頂いても良いですか？」

「小剣ですがよろしいので？　いや、シゲトさんを見る限り問題はなさそうですね」

「うーん。そう見えますか？」

「先の子達は、同じように刀を求めましたが扱いを見ると、慣れてはなさそうでして」

「ああ……でも、彼らの握りなどは刀に合わせたものですので、訓練を続ければ」

「そうですね」

うん。知識人という枠で受け入れてもらえるなら戦いなんてしなくても良いだろうし、武器なんてそこまで重要じゃないだろう。と言っても、見知らぬ土地に行くんだ。小太刀でも慣れ親しんだものが腰にあれば気分的にゆとりは出る。

この後、最初の部屋で武器などの使い方を見てもらえるという。魔法が戦いに使えるレベルでは無いようなので、この世界の武器の使い方も教わるのはありだろう。

しばらく待ってくれと言われて、部屋で居合の型を少しイメージしながらおさらいしていると、カリマーが一メートル程の長さの大きな瓜《うり》のような物を持ってくる。それを剣山のような物が付いている台にググッと刺してセットした。

「これは試し切りなどに使う植物の実なのです。硬さがちょうどよいと言われていて魔物を切る感覚を再現出来るんです」

なるほど、藁《わら》の筒を切るのに近いのか。

「低級の魔物なら刃の切れ味だけで切れますので、試してみましょうか」

「はい。ん？　低級の？　中級とかになると刃の切れ味だけじゃ切れないんですか？」

「一定の強さになると魔力を纏いますので、剣にも魔力を纏う必要があるのです」

「魔力を？　じゃあ俺は……厳しいですか？」

「どうでしょう。剣に魔力を纏わせるのは、技術の問題ですので。やってみましょう」

この瓜も斬り放題で使えるほど数が無いということで、上の方から少しずつ斬る感覚で試すように言われる。まずはそのままやってみてくれと言われ、藁斬りの要領で小太刀を構え斜めに斬りつける。気持ちよく振り抜ける。やはり刃の拵《こしら》えも十分だ。

「素晴らしいです。良いですねうんうん。それでは次はここに魔力を通してみますね」

そう言うと、カリマーが瓜に近づき腰を屈《かが》めて下の方をそっと触れる。魔力を通すというのは直接手から流すという事なのだろう。

「私のことは斬らないでくださいね」

カリマーがウインクをしながらジョークを言うように笑いかける。まあ、瓜を斬るだけなので間違いは無いが。気をつけるに越したことはない。再び正眼《せいがん》の構えをとり、すっと小太刀を振り上げる。そのまま「フン」と小太刀の重さを叩《たた》きつけるように振り下ろした。

ゴンッと先程の試し切りと明らかに違う抵抗感が小太刀を止める。見てみれば小太刀は一センチも食い込まず表面の皮の部分で止まっていた。

「これは……。なるほど、これが魔力なんですね」

「はい。これを斬れるように頑張りましょう」

「魔力を……纏わせて？」

「はい。先程魔法の練習をしたと思いますが、属性を加える前の魔力を練る時の様に」

「あ、ああ。そういえば……あの感覚でと」

「そうですね。それではもう一度やってみましょうか」

カリマーに言われるように、小太刀に魔力を流してみる。魔法の練習のおかげである程度魔力というものの感覚は分かる。午前中に一度使い切った魔力だが昼飯を食べ、だいぶ戻ってきている感覚も分かる。ゆっくり呼吸をしながら精神を統一するように、自分の体の中に渦巻く魔力を小太刀に流していく。そのまま、小太刀を振り上げ……。

スッ。

今度はだいぶ抵抗を感じずに斬ることが出来た。

「出来ましたね。素晴らしいです。それではもう少し流す魔力量を増やしてみますので、限界を探ってみましょう」

こうして少しずつ抵抗する魔力を増やし、どの程度の魔物まで斬れるのか試してもらう。その結果、カリマーの経験上、中級クラスの魔物も斬れそうだと告げられる。

ただ、斬れると言っても魔物は動かないわけではない。避けるだろうし攻撃だってしてくる。中級の魔物なんて出た日には逃げることを第一に考えるようにとも言われた。

散らばった瓜の切れ端を片付けつつ、カリマーが少し考え込みながら聞いてくる。

「……そういえば、シゲトさんは前の世界からのスキルがありましたね」

「はい、居合の流派と集中でしたか」

「なるほど、集中ですか。……いや。シゲトさんの魔力量では斬れないと思ったラインを大きく超えて斬れましたので少し不思議だったのです」

「え？　それっていい感じってことですかね？」

「はい。刃に纏わせる魔力が濃いんだと思います。その集中というスキルで魔力もその一瞬に集中させることが出来ているのかなと……あくまで予測ですが」

「魔力を集中？　確かにこういう試し切りは、私達の世界では藁斬りという訓練で行うんですが、斬る一瞬には精神を集中させるようには行っていますね」

「うん、良いと思います。引き続き練習していきましょう。無意識でも魔力を流せるようになるのが理想です」

なるほど。集中というスキルは単純に精神の集中だけではないのかもしれない。

切り刻まれた瓜を掃除し終えたカリマーが、何かを考え込んでいる。どうしたのかと見つめていると、チラッと俺の方を見る。

「一つお聞きしたいのですが」

「はい。何でしょう」

「シゲトさんの異界スキルの名前は流派の名前と聞きまして。『剣術』といったスキル名はよく見かけるのですが……一度拝見してもよろしいですか？」

「え。良《い》いですけど。ここで良いですか？」

断ることもない。俺は小太刀を使った居合術の型を披露しようと膝をついて正座をしようとすると、一本の剣を取り出したカリマーが剣を持ったままストレッチをし始める。

「え？」

「ん？」

「いや……型をお見せすれば、良いのですよね？」

「ん～。せっかくだから模擬戦をしてみましょう」

カリマーは答えながらウインクをし、鞘から剣を抜いて俺の方に向けて構える。

「え？　……いやいやいや。これ真剣ですよ？」

「大丈夫です。寸止めいたしますので。この世界での戦う感覚、シゲトさんはまだ知らないのですよね？」

「知るわけないじゃないですか。前の世界でも型しかやったことがないですよっ！」

「では、いい機会ということで。むふ」

は？　訳がわからない。しかも、「むふ」って……。だがカリマーが纏う空気は既におふざけの感じではない。くっそ……。寸止めするって言ってたな。確かに俺は居合で人と戦ったことなんて無い。やるしか、無いのか。いや、自分の居合がこの世界でどこまで通用するのか、下界に降りる前に知っておくことも重要だというのも理解は出来ていた。

よし……。

深く深呼吸をすると、いつものようにすっと心が落ち着いてくる。

やると決めたのなら、やる。抜く時は抜く。祖父《じい》さんに常に言われていた事だ。

「ちょっと、心の準備をさせてください」

「ふふふ。どうぞ」

地面に軽く膝を突けゆっくりと息を吐く。心を集中させ左手にある小太刀に意識を同調させていく。それと同時に外への意識も高めていく。後の先を取る事を重要視する我が家の居合術では、対峙《たいじ》する対象の一挙手一投足をつぶさに把握する必要がある。しばらくサボってはいたが、感覚はまだなんとか残っている。集中をしながら禅のように心を鎮《しず》める。よく稽古前、一時間近くこの状態で精神統一をさせられたりしたものだ。

果たして俺の居合がこの世界で役に立つのか。俺はカリマーに声をかける。

「いつでも」

気を高め、集中し、猛《たけ》る。されど精神は波風立たぬ水面のごとし。

集中する意識の中、カリマーの動きがつぶさに感じられる。カリマーの視線。呼吸。全身の筋肉の緊張。それら全てをスローモーションのように観察し把握していた。相手の動きの出に合わせ太刀筋を調節する。カリマーの初動に合わせ抜くだけの事。

淀《よど》みなく鯉口を切り、小太刀を抜く。

「エイッ！」

基本の抜刀術だ。

反発はしていたが、生前の祖父の淀みのない抜刀は好きだった。そんな祖父の姿に自分をなぞらえる。気の遠くなるような回数の抜刀を繰り返してきた。久しぶりとはいえ動きだけは問題なく行えている……はずだった。

ん？

何かが変だ。頭の中の感覚と体の動きが妙にかみ合わない。自分の感覚での動きと実際の動きの誤差が微妙なコントロールを乱す。

剣を振りかぶり空いた喉元を狙った抜刀だったが、振り上げかかったカリマーの腕がまだ上がりきらない。おそらくカリマーは俺の動きに合わせ首元をガードする為《ため》にそうしたのだろう。カリマーの魔力なら俺の刃など通らないと見られたのだろうが……。

だが斬れぬと解《わか》っていても人に斬りつけることに心が制御をかける。慌てて俺は膝を折り、腰を捻《ひね》り、刃を止める。

クラッ……。

その瞬間、俺の意識がブラック・アウトした。

◇◇◇

天空神殿には転移者を導く事以外にも重要な役割が有った。異界からの危険分子の除去だ。その為、天空神殿に勤める者はランキングが三桁以内のベテランの戦士が多くいる。カリマーもそんな猛者《もさ》の一人だった。そんな彼が、今目の前で立て膝をしている男を前にして、得体のしれぬ圧力を感じていた。

――どういうことなの？

転移をしてきて、それも神の光に馴染《なじ》むのに三日もかかったシゲトになぜここまでの物を感じるのか全く理解出来なかった。

居合術という聞いたこともないスキルがどんな物なのか、少しだけ興味を持ったカリマーは模擬戦を申し込んだ。ほんの出来心だったが、渋るシゲトは剣を鞘《さや》に納め膝を床に突くとしばし気持ちを整理したいという。型のみで、人と戦った事も無いという男が、武技を得ている。この世界で生まれ育ったカリマーには少々不思議な思いだった。

やがて「いつでも」と短く、だが意志のしっかりとした言葉を発する。

圧を感じつつも、目の前には剣も抜いて居ない男がいる。その隙だらけの佇《たたず》まいに、圧は気のせいだと自分を律し剣を振り上げた。

……いや。正確にはカリマーには剣を振り上げることすら出来なかった。

剣を振り上げようとしたときにはシゲトの刃が目の前にあった。

カリマーは魔力を視覚で捉えることがそこまで得意ではなかったが、それでもシゲトの刀に纏《まと》われた濃密な魔力を視認することが出来た。

――斬られる。

そう感じたが、シゲトは全身の動きで刀の軌道を止める。その刹那、シゲトは意識を失い崩れ落ちていった。

……。

その場で倒れたシゲトの様子を見る限り、どうやら魔力切れの症状が出ているようだった。元々そこまで魔力が多い訳ではなかったが、あの一撃に全ての魔力を圧縮させていたかのようだ。それにあの動き。明らかに異常だ。

――まだ、階梯《かいてい》を一つも上げていないのに……。どういう事なの？

カリマーは呆然《ぼうぜん》と重人《しげと》を見下ろしていた。

◇◇◇

目を覚ますと最初の部屋のベッドで寝かされていた。またこの天井か。どうやら俺はカリマーに気絶させられたようだ。

電気のない天井を眺めながら、カリマーの攻撃に全く気づかないまま意識を刈られた事に少なからずショックを受けている自分に驚いていた。

「寸止めするんじゃなかったのかよ……」

負けた悔しさをごまかすように、俺は一人呟《つぶや》く。

それにしても、久しぶりに居合なんてしたからだろうか。まどろみの中で俺は、大学時代に亡《な》くなった祖父の事を思い出していた。

数百年の歴史を持つ居合道の道場を構えていた祖父は男児に恵まれず、先祖代々に伝わる居合術の失伝を覚悟していた。

そんな中。俺の父親が早くに亡くなり、娘、つまり俺の母親が小さい俺を連れて実家に帰ることになった。祖父は俺を跡継ぎにと自分の技術のすべてを覚えさせようとした。

幼少の頃は楽しんでやっている時期もあったが、高校生くらいになると思春期の時期的な難しさもあったのだろう、俺は厳しい訓練を課す祖父に反発をした。それもあり家から離れたかった俺は東京の大学に進学した。

そして上京した俺は、実家に帰省することも減り、どんどんと居合から遠ざかっていった。お祖父《じい》ちゃんにはそれがかなりショックだったのよと、祖父の葬儀の時に母親は言っていた。当時はあまり気にすることは無かったが、年々あのときの祖父の希望を突っぱねたことが後悔として心のどこかに生まれていた。

「……それが異世界へやってくることになろうとはね」

俺は自嘲気味に心のなかで笑う。

今の全力を込めた居合も、カリマーの前では何も出来なかった。というよりカリマーの攻撃で意識を失ったが、何をされたかも分からない体たらくだ。

くっそ。……何も出来ない。何も出来ていない。そんな自分にいらだちを感じていた。

「……腹……減ったな」

どのくらい寝ていたのだろうか。窓の外を見ると既に日も落ちていた。もしかしたら食堂に行けば何か食べ物があるのだろうか。俺はベッドから起き上がり、食堂に向かった。

階段を下りていくと、下の階から階段に向かってくる生徒達の声が聞こえた。今はあまり聞きたくない小日向《おびなた》の声だ。同じ三年の辻《つじ》とご機嫌で話をしながら上ってくる。

俺の姿を認めた小日向がニヤリと笑う。隣の辻も何やら馬鹿にするような笑みを浮かべているのを見て、嫌な予感がする。

「お。なんか訓練中に気絶したやつがいるらしいぜ?」

あからさまに俺のことを言っている。俺は二人を無視して横を通り過ぎようとすると、小日向が塞ぐように俺の前に立った。

「見たぜ。お前武器庫に一つだけ残ってた短い刀を選んだな? 子供用ですかぁ?」

「……小太刀だ」

「小太刀だあ? 知るかよっ。くっくっく。これで魔物も安心だなあ。おっさん」

俺の言葉にも耳を貸さず小日向はさも、良《い》いものを見たといった感じで笑い続ける。カリマーに負けてイライラしていたのも有った俺はつい、ムキになってしまう。

「お前達こそ刀なんて扱えるのか? 竹刀でガチャガチャやるのとは訳が違うんだぞ」

「なん……だと?」

人を馬鹿にするのを大いに楽しんでいた小日向が顔色を変える。

「剣道のあんなポンと叩《たた》く打ち方で敵を斬れるのかと聞いているんだ」

「あ？」

キレやすい小日向だ。こんな煽《あお》りでも自制が利《き》かなくなる。特にこの世界に来てからの小日向の様子は輪をかけてひどくなっている。小日向が腕を伸ばしグッと俺の胸倉をつかむ。俺は小日向から目を背けずに睨《にら》みつけた。

「どうした？　本当のことを言われたからキレてるのか？　下界に降りれば命のやり取りすらあるらしいじゃないか。もしかしてお前、スポーツで命のやり取りをやろうなんて、そんな単純に考えてるんじゃないのか？」

「ああ？　おい。ムカつくぜ！」

「それにみろ、こんなすぐに冷静さを欠くお前がそんな世界でやっていけるのか？」

「貴様……」

だんだんと怒りで我を無くしていく小日向を俺は睨み返す。ここで引いたら、生徒と教師という線引きが完全に――。

「んぐっ！　……お、小日向……」

小日向が胸ぐらを摑《つか》んでいた腕を離し、そのまま俺の首元を摑む。

俺の体が浮き、苦しさに慌てて小日向の手を摑むが、突然小日向の手が熱を発した。まるで熱せられた石のようだ。俺はつま先立ちのまま必死に腕から逃れようとするがびくともしない。痛みとともに肉の焦げるような臭いが立つ。

「ががっ……やっ……やめ……」

「お、おい。小日向！」

流石《さすが》に危険だと感じたのか、先ほどまで笑っていた辻も焦《あせ》ったように小日向を止めようとする。だが、小日向はその怒りをさらに燃やす。

ぐ……これはやばい。必死にもがきながら小日向の肘の辺りを掴むと、そこは手の部分の様な熱さが無い。俺は必死に肘を掴み、腕を引っ張ろうとする。

「やっぱ、あれだ。教師ってのはモブってのがお決まりらしいな」

俺がいくら力を入れても小日向の腕はびくともしない。小日向も俺の力が無力だと感じたのだろう。口元に残酷な笑みが浮かぶ。そしてそのまま俺の体が持ち上げられていく。

「二人ともやめなさい！」

その時廊下での異常を感じたのか、ミレーがこっちへ走って来た。チラッとミレーの方を見た小日向が「チッ」と舌打ちをすると、すぐに唇をニヤリとゆがめる。

「死ねよ、な？」

「なっ！」

小日向は本気でそう思ったのだろうか。どす黒い殺気の様なものが辺りに充満する。小日向の手の熱さがさらに上がったように感じた瞬間、ザパァと水がかけられた。ジュゥと小日向の手が蒸気を発している。

小日向はそのまま俺から手を放しミレーの方を向く。

「てめえ……。何しやがる」

魔法なのだろう。突然横から水をかけられ、小日向の怒りのベクトルがミレーの方に向く。俺は焼けただれた首元を押さえながら、それでも必死に小日向を止めようとする。

「よ、よせ……」

「天空神殿では転移者同士の争いは禁止されています。すぐにやめなさい」

「やめなかったら……どうするつもりだ？」

「すぐに猶予期間が解かれ、即刻下界に落とされる事になります。行き先の希望も聞かれずに。今ならまだ何もなかったことに出来ます。すぐにその手を収めなさい！」

ミレーが赤熱化した小日向の手を見て叫ぶ。小日向はしばらく黙っていたが、ふと顔を緩め口に笑みを浮かべる。

「……ふははは。良いだろう。許してやるぜ楠木《くすのき》。どうせお前とも、あと二日だ」

小日向は笑いながら濡《ぬ》れた髪をかき上げる。湯気が立つがすでに髪が燃えるような熱は治まっているようだ。そのまま俺を一瞥《いちべつ》すると興味もなさそうに上の階へ上がっていく。

……。

取り残された俺に、すぐにミレーが近寄り、俺の首元の火傷《やけど》をチェックする。

「酷《ひど》い……。彼の階梯が上がっていたら厳しかったかもしれない」

事が収まると、ジンジンと火傷の痛みが酷くなってくる。

何も出来なかった自分への怒りと苛立《いらだ》ちが湧き、俺は思わず拳で壁をドンと叩く。

「お気持ちはわかりますが、落ち着いてください。すぐに医療室へお連れしますので」

ミレーが肩を貸してくれ俺を立たせる。こんな小柄な女性に支えられ、俺の惨《みじ》めな気持ちは更に追い打ちをかけられる。

「せ、先生？　その傷……どうしたんですか⁉」

ちょうど同じ様に階段から上ってきた君島《きみじま》と桜木《さくらぎ》の二人が、ミレーに支えられる俺を見て慌てたように声を掛けてくる。

「な、なんでもない……」

男の矜持《きょうじ》か、こんな姿を見られることに恥ずかしさを感じ、とっさに傷を隠しながらぶっきらぼうに答える。

「すみません、すぐに医療室へお連れしないと」

ミレーも察してくれたように二人を抑え、すぐに歩き出した。

その後、医療魔術を使える神官が呼ばれ俺に魔法をかけてくれた。その神官が俺の火傷に手を当てるとすぐに効果が表れ、ヒリヒリジクジクとした痛みが引いていく。

……やがて治療が終わると、神官が立ち上がり、俺に鏡を渡してくれた。

「……傷が……。まったく残ってない？」

傷が残ることも覚悟はしていたのだが、すでに綺麗《きれい》サッパリと治っている。鏡を見ながら所々触れてみるが、傷の痕すらわからない。すごい……。

ミレーもホッとしたように医療魔術の説明をしてくれた。このレベルで治癒魔法を使える人間はかなり少ないらしい。何が起こっても良いように常に備えている天空神殿ならではの人材ということだった。

「ありがとうございます」

神官にお礼を言い、ミレーが食事を持ってきてくれるということで今晩はこの医療室のベッドで寝かせてもらうことにする。こんな状態になり、今はあまり生徒達に会う気がしない……俺はどうしようもない無力感に襲われていた。

心配するミレーに、俺は自分に言い聞かせるように話す。

「小日向だけじゃない。ムキになってしまった俺も悪いんです」

「シゲトさん……。あまり背負い込まないでください。そこまで教師という立場にこだわらなくても……」

「別に無理をしているわけじゃないんです。ただ、異世界に来たからといって、はいそうですかと、生徒達から目を背ける訳にもいかない……」

「そのお気持ちは分かりますが……」

ミレーが俺の方を向く。俺はそれに力ない笑みを返すのがやっとだった。

第二章　転移

医療室で朝を迎える。目を覚ました俺は、起きて食堂に向かう気にもならず、ベッドの上で昨日までの部屋とは違う不思議な柄の天井を眺めていた。

「おはようございます」

ノックがされ、元気な挨拶とともに入ってきたミレーが、朝食をどうするか聞いてくる。

昨日の事もあり俺が言《い》い淀《よど》んでいると、今日一日は生徒達に会わない方が良いのではと提案してくる。

「そうですね……。だけど、まだ生徒達から顔を背けることに、抵抗もあるんです」

「責任感がおありなのですね……」

「責任感なのでしょうか。単に教師という立場に逃げようとしてるのかもしれません」

「そんな……」

くそ。なんだこの無力感。

もともと教育に対して強い情熱を持って教師という仕事に就いたわけではなかった。それでも十年近くも続けて、愛着も有った。剣道部の顧問だって、教えることは出来なかったが、練習試合を組んだりと、出来ることはやってきたつもりだ。

　俺が何かを間違ってきたのか。異世界に来たことが原因なのか……。


　朝食が終わるタイミングを見計らって再びミレーがやってくる。俺が歴史を好きだというのを考えてくれているのだろう。ミレーはこの国の歴史について話をしてくれる。

まず『ウィルヴランド教国』という宗教国家の説明から始まる。そのウィルヴランド教国というのは、この一神教の世界での宗教の総本山のようなものだ。この天空神殿も教国の管理下にあるという。

　この世界の最大の国家は『グレンバーレン王朝』であり、ウィルヴランド教国はその王朝の中にあった祠《ほこら》などの神の遺跡などを統合して独立、建国された国であった。

　これは当時『神』の守護を得たという転移者が現れた事をきっかけとしている。その転移者『フェールラーベン』が、この世界の転移者を受け入れるシステムや神民録《しんみんろく》を作成。さらには精霊達を促し天空神殿の建設など、様々なこの世界の改変を行う事になる。

　一説ではフェールラーベンは転移者ではなく、『神』そのものだったのではといわれている。事実フェールラーベン以降この世界に『神』の守護を得た転移者は存在していない。

フェールラーベンという神の意思を伝える人間の存在に、当時の王がそれを受け入れて建国の後押しをしたものであった。

昨日の事もあり初めは少し鬱々とした気持ちでいたが、好きな歴史の話だったのもあり、この国の成り立ちの話など聞くのが楽しく、質問も重ねてしまう。

歴史の話だけで無く、この国の事、神民位譜《しんみんいふ》の話などへ移る。

「ランキングを上げるためには、能力データの向上もありますが、実は、上位ランクの人間に勝つことでランキングを上げることも出来るのです」

「……え？　じゃあ……まさか」

「はい。中にはランキングを上げるために上位の者に戦いを挑むという者もいます」

「怖い、ですね。殺されたり……と？」

「そういう場合もあります。ただ相手のカードを自分のカードの埋まっている場所の上に重ね、敗北を宣言することで反映することもありますが……」

「それって……変な話お金でランキングを買えませんか？」

「神の目がありますので、そういう不正はランキングには反映されないんです」

うわ。神が与えるランキングか。かなり正確じゃないか。でも……。平和に生きていきたい俺には低ランクというのはむしろありがたいのかもしれない。

そしてこの日の夕方。俺にもリガーランド共和国からの打診が来たことが告げられた。

リガーランド共和国は、話を聞くと他の王国等と違い民主主義国家のようだ。そして知識層もかなり幅広く募集をしているらしい。

俺にはこの打診がかなり理想的なものに感じられた。

他の生徒達の動向は気になっていたが、ミレーが言うには、生徒達は国に所属する気は無く、冒険者というものになるためにフリーで下界に行く話をしていたという。

フリーとは？　とも思ったが、未開の土地の魔物などを倒し、人間の世界を広げていく「冒険者」という仕事があり、この世界では花形の一つらしいと教わる。より多くの魔物と戦うことで、自分の階梯《かいてい》を上げ、実力を上げるのにも最適なんだという。

「それは……全員の総意なのですか？」

「食堂で皆さんで話しているのを聞く限り、キョウヘイさん中心に動いているのだとは思いますが、全員の総意なのかはわかりません」

堂本《どうもと》は確か、『神』に次ぐ存在といわれる『聖極《せいきょく》』の守護を貰《もら》えたと言っていた。強さも鍛えればかなりのレベルまで行くという。それに池田《いけだ》と桜木も『聖戴《せいだい》』という存在の守護を得、かなり精霊には恵まれているという。

国家等《など》の組織に属さなくても個人でやっていける自信と実力が充分にあるのだろう。

しかし俺は……。おそらく俺が望んでも生徒達には受け入れてもらえない。


そしていよいよ六日目の朝がやってきた。

俺は迎えに来たミレーに連れられ天空神殿に向かう。この世界に来て意識が戻ってまだ三日目だが、ミレーには色々お世話になった。折れそうな気持ちも随分と支えられた。これで天空の不思議な島々ともお別れと思うと、随分あっさりした別れだなと感じる。

天空神殿の中に入るとそのまま転移陣があるという部屋に案内される。

随分と分厚いドアの中は、プラネタリウムを思わせるようなドーム状の天井になっており、壁や天井まで一面に不思議な記号や文字が彫られていた。ドームそのものが転移陣になっているのだろうか。

「転移式は、全員が集まってからですので、もう少々お待ちください」

俺はこの世界に来た時に着ていたシャツとスラックスに身を包んでいた。腰には帯が巻かれ小太刀も下げられている。それから着替え、食料、水筒などが入ったリュックも支給され背負っていた。四次元ポケットのように、見た目以上に色々な量を入れられるすぐれものだ。なんでも魔法の道具だということだ。

しばらくすると、君島と桜木の二人の女子が入ってくる。

だが二人の様子を見ると何かおかしい。君島は目を泣きはらしたように赤くし、桜木が宥《なだ》めるように寄り添っていた。

……なんだ？

少し悩んだが、やはり放っておけない。俺は二人に近づいていく。

「どうしたんだ？」

「先生……」

声をかけても君島は俯《うつむ》いたまま答えなかった。横に居た桜木が返事をするが、チラッと君島の方を向き言いよどんでいる。何か揉《も》めたのだろうか。

その時乱暴にドアが開けられ、今度は小日向《おびなた》が入ってくる。堂本や辻《つじ》、佐藤《さとう》なども一緒に入ってきた。小日向は俺の方を向いて一瞬ニヤッと笑みを浮かべるが、横に君島と桜木が立っているのを見るとたんに顔を曇らせ、憎々しげに睨《にら》みつけてくる。

……小日向となにかあったのか？　君島を睨む小日向の様子を見てそう感じた。

何があったのか聞けないでいるうちに、今度は神官達が部屋の中に入ってくる。自然と皆の意識もそちらに向かう。

「転移者の皆さん、それでは下界へと案内いたします。打診された先へ行くのもよし。自分の希望する場所へ行くのもよし。全て自身の気持ちに従って決めてください」

前日にミレーから聞いた話だと、この世界にはたくさんの神殿が建てられており、各国に一つずつ本神殿と呼ばれるものが在るという。転移陣は、その本神殿に在る転移陣と繋《つな》がっており、希望する国や組織の最寄りの本神殿へ転移させてもらえるらしい。

ホールの中央には人が立つ円形のスペースがある。そこに転移するものが立ち、その向かいにある石盤で神官が転移陣の操作を行うようだ。

「それでは、どなたから参りましょうか？」

神官がそう声をかけると、二年の池田が手を挙げて前に出てきた。神官は池田に魔法陣の中心部分に立つように言う。

「行き先は何処《どこ》へいたしましょう？」

「グレンバーレン王朝へ」

池田が答えると、途端に空気がざわつく。辻が意味がわからないといった感じで怒鳴る。

「おい！　何を言ってるんだ。俺達はリガーランドで冒険者になるって――」

「先輩。ここであなた達に付いていけば、一生先輩後輩の関係に引きずられてしまいます。堂本先輩がこの世界に来て、先生と生徒の関係ももう終わったって言ってたじゃないですか。僕らもそうした方が良《い》いと思うんですよ」

「なっ。それとこれとは違うだろっ！」

「決めたんです。運のいいことに、僕はかなり良い守護を貰ったようです。王朝で悠々と過ごさせてもらいますよ」

「池田ぁああ！」

「やめろ辻」

激昂《げきこう》する辻を堂本が止める。辻は不満を顔に残しながらも黙った。

「良《い》いんだな。その選択が時として俺を敵に回す事になるかもしれなくても」

「……はい。でも三年の先輩達で僕に敵《かな》うのって堂本先輩だけですよね。剣道でも、この世界でもきっと。それなのにずっと後輩のままって何か違うかなって」

池田の言葉に辻と佐藤が怒りを浮かべるが、堂本は無表情のまま池田を見つめる。

「そうか」

堂本の言葉に、池田が神官の方へ向き直る。

「じゃあ、飛ばしてください。お願いします」

池田の言葉に神官が魔法陣を起動させる。俺はただ成り行きを見ていただけだが、もしかしたら池田ともこれでお別れになるのかもしれない。そう思い声をかける。

「池田。気をつけろよ。元気でな」

「……先生も。気を付けて」

池田は、俺の声に笑顔で答える。その池田の笑顔を見ながら、ふと違和感を感じた。

ん？ そういえば、あんなに気性の激しい小日向がなんで何も言ってこないんだ？ 激昂しているのは辻と佐藤の二人だけだ。小日向の方を見るとジッと、転移陣を操作する神官の方を見ている。ああいう装置に興味がある感じなのか？

そのまま魔法陣の光が強くなり、池田の姿がすっと消えた。


「それでは、次の方は？」

次に手をあげたのは君島《きみじま》だった。未《いま》だに目の周りは赤くなっていたが、桜木《さくらぎ》に大丈夫だからと微笑《ほほえ》みかけて魔法陣まで進む。

今まで気が付かなかったが君島は刀を差していない。背中に自身の身長に近いくらいの長い棒を括《くく》り付けている。そういえば槍《やり》を選んだ生徒が居たと聞いていたが。

魔法陣に立つ君島を見て神官が先程と同じように尋ねる。

「行き先は何処へ？」

「ジーベ王国で、お願いします」

君島の態度から、なんとなく予想はしていたが、やはり先程皆で行くと言っていた場所と違う。しかし、三年達はそれを分かっていたかのように黙って見つめていた。

「結月《ゆづき》……。良いんだな」

キッと睨んだまま小日向が聞くが、君島は目も合わせない。やはりこの二人の間に何かあったのだろう。そのまま話は終わったと判断した神官が石盤を操作する。

「君島も。元気でな」

「……」

俺は池田の時と同じように君島にも声をかける。が、君島は俯いたままだった。そして、魔法陣が光を発しだした瞬間だった。

ダダッと小日向が石盤に近づき、操作をしていた神官を突き飛ばす。

「小日向！」

突き飛ばされた神官があっけにとられ小日向を見上げるが、小日向は脇目も振らずに石盤をいじりだす。さっき見ていたのはそれか。君島が気が付き、慌てたように手を伸ばす。

しかし魔法陣はすでに動き出し、光がどんどんと強くなっていた。光の中で、恐怖に顔を染めたままの君島の姿がすっと消えた。

神官達がすぐに集まり、小日向を取り押さえる。突然の事に俺達もどうして良いか分からないでいた。どこか次元の狭間《はざま》のようなところに飛ばされでもしたら……。最悪の事態が頭をよぎり、俺は石盤の確認をしていた神官に詰め寄る。

「君島はっ！　どうなったんですか？」

「そ、それが……」

神官は俺の方を振り向くが、困ったように俺のことを見つめ返すだけだ。しびれを切らして再び聞こうとすると、後ろからグレゴリー神官長の焦《あせ》ったような声が飛ぶ。

「行き先は！」

「ギャ、ギャッラルブルー神殿に設定されてます……」

「なっなんてことだ……」

神官の言葉にグレゴリーが愕然《がくぜん》とした表情を浮かべる。その顔色で君島が良くない場所へ飛ばされたのが分かってしまう。

「グレゴリーさん。ギャッラルブルーとは……？」

「……ホジキン連邦にあった神殿です。……五十年以上前にすでに破棄された神殿です」

「破棄？　まさか、モンスターパレードとかで？」

「……そうです」

最悪だ。たしか、そこは大量のモンスターによる侵略で、人間達が追い払われたと聞いている場所だ。ホジキン連邦のかなりの地域がそれで人の生活圏を追われたという。そんなところに一人で飛ばされたら、きっと……。駄目だ。なんとかしなければ。

「そこに誰か、救助を出すことは出来ないのでしょうか」

「残念ながら……。人里からもかなり離れてしまっています。たとえ送れたとしてもそこまで逃げることは難しいでしょう……」

「それではっ。向こうからこちらへ転移することは……」

「転移の受け入れ陣は、各国の本神殿でしたらあるのですが、転送用の魔法陣は……ここと、エンビリオン大聖堂にしか無いのです」

「そんな……」

打つ手無しなのか……。くっそ。なんてことをしてくれたんだ小日向！

神官達に押さえられている小日向が勝ち誇ったような目で俺の方を見る。

「くっくっく。あいつが悪いんだぜ。せっかく俺が付き合ってやるって言ってるのによ。断るなんてありえないだろ！　だからさ。きっぱりと別れてやったのさっ！」

「そ、それは明《あきら》先輩が、こっちに来てから人が変わったようで！　昨日も先生にあんな乱暴な事を。そんな人、女の子が受け入れる訳無いじゃないですかっ！」

「黙れっ！　一年が知ったようなことを言うな！」

「先輩、結月先輩と幼馴染《おさななじみ》なんでしょ！　こんなの……ひどいよ！」

桜木もあまりの事態に目を真っ赤にして小日向に怒鳴りつける。

くそ。色恋沙汰での暴走かよ。他の生徒達も完全に引いてしまっている。

……どうすれば良いんだ。

堂本《どうもと》？　こいつなら。かなりの素質があるっていうじゃないか……。

……いや。……だめだ。

……結局は生徒を犠牲にするだけだ。

……くっそ。

こんな時に自分の危険とか考えて。馬鹿か俺はっ！

もう決まっている。出来ることなんて一つしかないじゃないか。

……。

深く深呼吸をする。そうだ。俺の守護精霊の力のおかげか、こうすれば心は鎮まる。武道家にとって『明鏡止水』は一番大事な事だ。

よし。もう引かない。

「グレゴリーさん。私が行きます。何も出来ないかもしれないが……。君島を独りで……。

こんな誰も知らない異世界で……。独りっきりになんて、させられない」

「しっしかしシゲトさん。貴方《あなた》が行っても何も。それどころか、この中で一番順位の高いキョウヘイさんでも、おそらく何も出来ず魔物に……」

「そんなの……。だけど。私が見捨てるわけにはいかないんです。お願いです。君島のところに転移させてください」

「しかし……」

もう決めた。生徒を見捨ててしまえばきっと後悔で生きていけなくなる。

「わ、私も……行きます」

「よせ、聞いただろ。きっと誰が行っても意味がない。お前達まで背負う必要は無い」

「だけど……」

「先生俺もっ！」

桜木と共に仁科《にしな》も名乗り出る。

「大丈夫だ。死ぬつもりなんて無い。俺には居合だって有る」

「先生……」

「そうだ、二人とも、保存食も貰《もら》っていただろ？　分けてくれないか？」

「え？」

「俺達は死なない。必死に君島と逃げ切るさ。でも、それでも食い物は必要だろ？」

「は、はい！」

二人が肩から下げていたカバンの蓋をあけ、中から数日分の非常食と言われた食べ物を俺に差し出す。俺は「悪いな」と笑いかけ、二人から食料を受け取った。そしてそのまま魔法陣の中に入っていく。

「楠木《くすのき》ぃ！　無駄なことをするな！」

押さえつけられた小日向《おびなた》が俺に向かって怒鳴るが、それを塞ぐように堂本が立ちはだかる。小日向も「ど、堂本？」とうろたえたように見上げる。

なんだ？　と堂本を見ると、唐突に自分の腰に差した刀を外し俺に向かって放り投げてきた。俺は反射的にその刀を受け取る。

「教師の習性というやつか……せいぜいあがいてみせろ」

「……助かる」

「明に、剣道じゃ刀は使えねえって言ったらしいな。……お前に出来るのか？」

「やるしかねえだろ？」

「フッ」

堂本は今まで俺に見せたことのない笑みを向けると、後ろに下がる。確かに小太刀では少々心もとない。刀を見ると、俺の小太刀と同じ柄の拵《こしら》えをしている。期待出来そうだ。

「お前達も。元気でな」

他の生徒達にもそう笑いかけ、グレゴリーに転移をするように促す。辻《つじ》と佐藤《さとう》は突然の出来事にショックを受けているようだった。石盤の前の神官もどうして良《い》いか分からずに上司である神官長に助けを求めるように視線を向ける。

「グレゴリーさん！　お願いします」

「……わかりました」

難しい顔で悩んでいたが、とうとうグレゴリーも諦め、転移の許可を出す。

ミレーの声が聞こえる。振り向くと少しだけ目を潤ませてミレーがこっちを見ていた。

「シゲトさん！」

「どうかご無事でっ！」

「ミレーさん。……色々とありがとうございました」

お世話になったミレーに頭を下げる。うん。これで、心残りは無いな。

神官が石盤をいじり始めると、すぐに魔法陣の文字が仄《ほの》かに光り始める。「先生！」と叫ぶ仁科と桜木の声が、少し遠くに感じる。

……昔地元の川で、溺れている生徒を助けようとしてそのまま流された先生が居たなあ。

ふと、そんな事が頭をよぎる。子供心に、なんで泳げないのに川に飛び込んだんだろうと不思議だった。

……ふふ。まさに今の俺だな。思わず自嘲する。

クラッ。

軽く目眩《めまい》のような感覚に襲われた次の瞬間、俺は寂れた遺跡の中に居た。

第三章　ギャッラルブルー

ここがギャッラルブルー神殿か？

周りを見れば壁も崩れ、天井も所々無くなっている。しかし魔法陣の周りは瓦礫《がれき》が撤去され、綺麗《きれい》になっていた。……もしかしたら魔物達に襲われた時に、生き残った者達が助けが来るのを信じ、必死に瓦礫をどかしていたのかもしれない。

「なっ……なんで先生が？」

声に振り向くと、君島《きみじま》が青白い顔をして立っていた。

「君島。大丈夫だ、さあ、人の居るところへ行こう」

「人の居るところって……な、何なの？　ここは何処《どこ》なの？」

俺は君島を宥《なだ》めるように軽く言うが、君島は完全にパニックになっていた。

君島はここが何処かは知らない。しかし君島の様子を見ると、もしかしたら薄々感じているのかもしれない。俺は言葉にしようとして一瞬詰まる……。が、言わないわけにもいかない。俺はグッと君島の目を見つめ、勢いも借りて告げる。

「ここは、ギャッラルブルー神殿だ。五十年程前にモンスターパレードで滅びた街だ」

「……うそ……でしょ？」

「……事実だ」

呆然《ぼうぜん》とする君島に俺はなんと声をかけていいか分からず言葉を詰まらせる。

当然君島達もこの世界の説明を聞く中で、こういう事変があったことは聞いているだろう。小日向が石盤をいじって、目的地をここにしたことから、それは疑いようもない。

とりあえず物陰に隠れるように言うが、君島は縋《すが》るように質問をしてくる。

「ど、堂本君は？　神殿の先生達とかは？　来るんでしょ？」

「いや……。誰も来ない」

君島の必死の願いにも似た問いに、俺は首を横に振ることしか出来なかった。

「だって……。先生なんて……。単なるモブだって……」

「それは……」

「ギャッラルブルー神殿って、モンスターパレードで生活圏が百キロ近く後退したって聞いたわ……。百キロよ！」

「なんとしても逃げ切る」

「……無理よ。……無理……」

「やってみよう、な。諦める前に」

俺はかろうじて残っている壁の陰で、君島が落ち着くのを待っていた。こういう時に気の利《き》いた一言を言えない自分に苛立《いらだ》つ。何か言ってやれないかと悩みながら、俺は堂本から渡された刀を腰に差し、位置などを調整する。

鯉口《こいぐち》を切れば、充分に日本で扱っていた刀に近い感覚が得られる。ハバキの抵抗感も問題ない。よし、とばかりに数度刀を抜いては戻しを繰り返し刀の長さの感覚も整えていく。小太刀も小回りが利くため扱い易《やす》さがあるが、やはり長刀は安心感がある。

「何、してるんです？」

少しは落ち着いてきたのだろう、俺が刀をいじっているのを見た君島が聞いてくる。

「ここに来る時に堂本が自分の刀をよこしたんだ。俺が持ってたのは短い小太刀だったからな、気を遣ってくれたんだろう」

「堂本君が？」

「ああ、みんなを連れてこられなくて悪いな。だが、出来る限りの事はやるつもりだ」

「だけど……」

君島の方を見ると、泣いて少しすっきりしたのだろう。いや、表情としては諦めに近い感じにも思える。それでも君島の装備や使える魔法などを把握しておこうと質問する。

君島の武器は短槍《たんそう》だった。中学生までは地元の老婆が開いていた道場で薙刀《なぎなた》をやっていたらしい。そのせいか得られた異界スキルは「剣道」「薙刀」の二つだという。それもあり、もしかしたら長い槍のほうが使えるかもと思ったようだ。

「魔法は、どんなのが使えるんだ？　俺はからっきしでな」

「一番適性が有ったのは植物を操る魔法です。でも戦い向きじゃ無いんです」

「戦闘向きじゃない？　いや、でも俺達はこの世界に来たばかりで階梯《かいてい》とかいうのも全然上がってない。いま魔法の攻撃でどうこうしようとしても意味が無いだろ？」

「じゃあ、どうすればっ！」

「シッ。あまり大声は出さないで」

少し気持ちが昂《たか》ぶる君島を抑える。こんな状況じゃ気持ちが爆発しそうになる気持ちは痛いほど分かる。君島も分かってはいるのだろう。すぐにハッとしておとなしくなる。

「良いか？　植物を操れるのならツタや雑草で身を隠したり、花の匂いで俺達の匂いを紛らわせたり出来るかもしれない」

「隠す？」

「そうだ。あくまでも戦うのは最後の手段だ。ひっそりと、魔物に見つからないように。

そっと人の居るところを目指す。そう考えれば、良い魔法じゃないのか？」

「魔物に見つからないように……」

実際俺は魔物がどんな感覚を持っているのかは知らない。でも、少しでも身を隠せるような魔法であれば、それは有効になりそうだ。

それから君島を元気づけられるかと、カバンから携帯食を一つ取り出し君島に渡す。

「桜木《さくらぎ》と仁科が自分の分を分けてくれたんだ」

それを聞いた君島は、ギュッと携帯食のパックを抱きしめる。しばらくして何かを決意したかのようにそれをカバンにしまう。君島は肩から下げるタイプのカバンを選んでいた。

俺はそんな君島を横目で見ながらリュックに入っていた地図を取り出し、開いた。

「今は朝だから、太陽は……あっちだろう。ということは……」

かなりいい加減かもしれないが太陽の方向を見て、おおよその方角を推測する。

あくまでも前向きに。君島が、そして俺自身も希望を持てるよう、大丈夫だと笑顔を見せながら計画を練っていく。正直地図も二つの大陸が描いてあるような、いわゆる世界地図だ。細かな地形などが分かるわけではない。だが今はこれが唯一の希望だ。

「どうだ？　落ち着いたら動き出そう」

周りの様子を探りながら、俺達は建物の出口を探し始めた。

もともとはかなり栄えた街があったのだろう。確かここは緯度的には少し北の方になる。所々にそそり立つ樹木も針葉樹が多い。この五十年の間に風化も始まっていたが、石畳など緑に抗《あらが》う部分も多い。

よく見ると地面には劣化したアスファルトの様な素材が敷かれている。いろんな世界からの転移者が集まる世界だ。それだけ様々な技術が持ち寄られているのだろう。

周りを見ると、北側には山が見える。上の方はかなり高いのか所々に白い雪が残っているのも見える。思ったよりここも標高の高い場所なのかもしれない。気温もうだるような日本の夏というより、山に登った時のようなスンとした心地よさを感じた。

魔物だらけの所に飛ばされると思ったが、魔物の気配は感じられない。耳を澄ましても、シーンと、誰も居ない森の中に居るようだ。二人の立てる足音が辺りに響く。

……それにしても酷《ひど》いな。

おそらく当時は相当激しい戦いが繰り広げられていたのだろう。所々に破壊されたバリケードのようなものまで在る。

「これは……なんだ？　爆弾でも落ちたのか？」

歩いているとクレーターのように大きな穴が空いている場所があった。まるで辺りの建物ごと吹っ飛ばされたような感じだ。穴の中には雑草なども茂り、円周状に吹き飛んだような建物の残骸が当時の衝撃の大きさを感じさせる。

そっと穴の様子をうかがっていると二ヵ所、地面が崩れたようになっておりボコッと穴が開いている。この下にシェルターでもあったのだろうか。少し近づくとそこから「チョロチョロ」と水の流れるような音が聞こえた。

「なんだろう、地下水脈か？」

「し、知りませんよっ」

「そ、そうだな」

君島も動揺しているのだろう、少し強めの言い方になってしまう。それでもすぐに、言い過ぎたという感じで話しかけてきた。

「で、でも。……何も、居ないですね」

「そうだな、人が居なければ、餌もない……というわけかもしれないな」

それでも、なるべく音を立てないように進んでいくと、大きな広場のような場所に出る。街の中心部的な場所なのだろうか。広場の真ん中には噴水があり、装置が未《いま》だに生きているのか、チョロチョロと水が噴き上がっていた。

広場の周りには、噴水を中心に周りを取り囲むように街灯のような柱も所々残っていた。

もしかしたらさっきの地下水脈のようなものが湧き出ているのかもしれない。

噴水に向かって歩こうとした時にグッと君島に袖を引かれる。君島を振り向くと、噴水の方を必死で指差している。

あれは？　はじめ岩か瓦礫だと思っていたが、よく見るとそれは微妙に動いている。カバのような生き物がお尻をこちらに向けて水の中に頭を突っ込んでいるようだった。

俺は慌てて君島と建物の陰に身を潜める。

「わ、悪い、気が付かなかった……」

「なんですか？　あれ。水を飲んでましたよ？」

「よくわからん……。だが、あれが魔物だろう」

「魔物……」

そっと噴水の方を覗《のぞ》くが、こちらに気がついている様子はない。当然俺達はこのままここをやり過ごすことにする。

ここにきて初めて魔物らしき姿を見かけた俺は、物陰に隠れ必死に深呼吸をする。いつもの様にすぐに冷静さが戻る。

よし、と動こうとすると君島がグッと俺の腕を掴《つか》む。体を押し付けるようにしがみ付く君島は青白い顔でガクガクと震えていた。

「大丈夫。向こうは気が付いていない」

君島《きみじま》の頭をそっと撫《な》で、小声でささやき、広場から離れるように促す。

必死に音をたてないように広場の裏の路地の方へ入り、壁伝いに慎重に進んでいく。俺は進みながらもしきりに左手で刀に触れる。そこに心のよりどころを求めるように。

――グゥォオオオオオン！

それから少し歩いていると、遠くの方で獣のような魔物の遠吠《とおぼ》えが聞こえた。二人ともビクッと腰を落としてあたりを見渡す。

「……いや。かなり遠くの方だと思う」

「そ、そうです……よね」

こういった恐怖は、なかなか心から追い出すのがキツイ。その度に深呼吸で気持ちを落ち着ける事は出来るが、恐怖心まで完全に無くせるものではない。そろそろ動こうかとしたところで、カッカッと今度は硬質な感じの足音が聞こえた。

「ブルルルッ」

鼻を鳴らすような獣の声が近くで聞こえた。慌てて再び腰を落とす。先ほどの俺のアイデアを思い出したのだろう。君島が壁に這《は》っているツタに手を伸ばす。顔は青ざめたままだが、しばらくするとザワザワとツタが伸び始め俺達を覆い始める。

……。

二人で腰を落とし、そのままジッとする。ふと君島を見れば、目をギュッと閉じて恐怖に顔をこわばらせていた。まもなく足音が遠ざかり聞こえなくなったが、俺達が再び動けるようになるまで、もうしばらくかかった。

ジリジリと日が昇ってくる中、俺達は少しの音にもビクビクと怯《おび》えながらゆっくりと進んでいく。必要以上に体力が減っていくのを感じる。

「大丈夫か？　少し休むか？」

声を掛けると、君島は首を横に振る。少しでも早くこの街から出たいのだろう。再び進もうと思った時だった。半壊した建物の上からこちらを見下ろす瞳と目が合った。

……ん？　なっ……！

よく見ればそれは建物の上に居るわけではない。巨大な一つ目の顔が建物の向こうから覗いているのだ。巨人……というやつなのか？

銅像か何かだと思いたいが……その瞳は歩く俺達に合わせるように追ってくる。

くっそ。魔物だ……完全に見つかっている。

「君島……」

「……なんです？」

「……魔物だ」

「えっ？」

俺のささやきに、ビックリしたように君島が周りを見回す。そして、巨人の方を見て固まった。君島の恐怖に染まる顔を見て、巨人はニタリと笑みを浮かべた。そして建物を避けるように俺達の方に向かって歩き出す。

……な……なんなんだ、あれは。

巨人は建物の向こうからこちらに向けて歩きながら、崩れかかった建物の上から俺達のことを覗き見る。その非現実的な姿に一瞬で俺の心は折れる。

……無理だ。あんなのを……斬る……だって？

「逃げるぞっ！」

俺は必死に君島の手を取り引っ張る。後ろからは地響きのような足音が迫ってくる。

ハァ！　ハァ！

何とか巨人を撒《ま》こうと狭い路地に入っていく。チラッと後ろを見ると巨人は遊んでいるかのように顔に笑いを張り付け、悠然と歩いてくる。その歩幅の差が絶望的だった。

俺はあまりの非現実感にパニックになっていた。ぐっと君島の手を握る手にも力が入る。

「先生っ！　痛い！」

「諦めるな！　走るんだ！」

俺は力を緩めずに必死に逃げる。君島も必死についてくる。

――ゾクリ。

突如、嫌な予感に襲われる。追ってくる巨人の足音が聞こえない。走りながら振り向くと巨人が瓦礫《がれき》の塊を両手で頭上に持ち上げていた。やばいっ！

ほんの一瞬のタイミングだった。振り向くのが一秒遅かったらきっと間に合わなかった。

俺は君島を抱きかかえ、うなりをあげて飛んでくる瓦礫を必死で避ける。

ガガガガガン！！！

轟音《ごうおん》と共に直前まで俺達が居た場所に瓦礫が突き刺さる。飛び散る礫《つぶて》が背中に当たるのを感じながら次なる絶望に気が付く。

「くっ」

君島に覆いかぶさって倒れこんだ俺は、すぐに立ち上がろうとするが、もはや手遅れだった。目の前には獲物を前にした巨人が舌なめずりをしながらこちらを見下ろしていた。

くそ……何も……出来なかった。

俺達を追い詰め、余裕も出来たのだろう。笑みを浮かべた巨人が口を開く。

「アァアァアゥァォオォァ」

魔物の言葉なのか？　まったく理解出来ない。むしろその方が幸せなのかもしれない。

巨人は俺達に何かを語りかけながら、俺の後ろにいる君島を指さした。

俺は思わず体を動かし君島を隠そうとする。そんな無駄な行為すら、こいつを喜ばせるだけのようだ。「ギャッギャッ」と嬉《うれ》しそうに笑う巨人に俺は更に絶望を感じる。

「ああ……き、君島……。すまん……」

絶望感の中で何とか言葉を絞りだす。後ろからの君島の返事はない。

俺は、巨人が右手を握りしめ、振り上げる姿をただ見つめる。一つ目の視線の先に居るのは俺だ。完全に終わった。そう理解した。

……。

くそったれ……。

「はぁああぁ！」

俺が生きるのを諦めかけたその時だった。後ろから君島の叫び声とともに廃墟《はいきょ》を彩《いろど》るツタが突然巨人に向かって伸び、振り上げた拳にそのツタが絡《から》まっていく。呆然《ぼうぜん》と見つめる俺に君島からの怒鳴り声が飛ぶ！

「ダメっ。もたない！」

見ると絡んだツタがブチブチとちぎれていく。君島のツタでは巨人の動きを一瞬だけ止めるのが精いっぱいだった。……くっ。

……くっそ！　……くっそ！　くっそ！

何をしてるんだ。勝手に来て。勝手に諦めて。土壇場《どたんば》で君島が動けたのに！　俺はっ！

ふと、左手が刀に触れる。

……そうだ。……俺にはこれしかない。……そのために、ここにいる。

巨人はツタが絡まった拳をブンブンと回し、纏《まと》わりついたツタをめんどくさそうに払う。そしてそのまま再び的を俺に絞る。やるだけやる、だ。俺は片膝をついたまま鯉口《こいぐち》を切る。

巨人の動きをつぶさに捉えながら、右手を柄に沿わす。

大学に入って以降、祖父が亡《な》くなるまで刀なんて触っていなかった。

だが、幼少のころから十五年近く、毎日のように祖父に植え付けられた技は体の芯にまで染《し》みついている。

祖父《じい》ちゃん……。

おそらく出来るのは一振りだ。カリマーとの試技の後、あの一振りで魔力が尽きたというのを聞かされた。あの時は魔力が少し減っている状態であったが、万全の状態でも二振りは出来まい。

極限の集中の中で、巨人の動きがゆっくりと進んでいく。

ゆっくり？　カリマーの時も感じたがまさか。時間も、感覚も、圧縮されてる？　たしかに居合時の集中は段違いだ。巨人の拳も冷静に正確に見極められる。それなら……。

たった一度の抜刀に備え己のすべてを集積していく。地面につけていた膝を浮かせ、体を前に進める為《ため》にベクトルを整える。左足がアスファルトを摑む。重心をグッと低く沈め、身も心も獣のように、その一瞬を待ちわびる。

――我慢だ。近づく拳を限界まで引きつける。重心は更に低く、溜《た》めた力を逃がさぬように。流れるように拳の下を潜《くぐ》りながら力を解き放ち、跳ぶ。

凝集する魔力。音を超え、奪い取る……後の先。

虚実なる駆け引きも何もない。ただ実直に、速さより力に特化し、相手の防御ごと斬り落とす事を想定した剛の抜き技。

菊水景光流《きくすいけいこうりゅう》　居合術。岩通《いわとお》し。

「この刃の通る道を遮るものなど無い」という祖父の言葉に偽りはなかった。
うなりを上げ振り下ろされた拳は、繋《つな》がりを失い、そのまま地面を転がっていく。
切断面は右の脇腹から左の首元に。
何が起こったのかわからぬまま、巨人の顔は慣性に従い腕とともに転がっていった。
少し間を置き、残された体も倒れる。
………斬れた。
ははは……斬れるじゃないか。
振り返り、呆然とする君島に笑いかける。
「凄《すご》い……」
「君島のおかげだ。礼を言う」
斬れるなら。生き残る目があるという事だ。少しずつ、希望を紡《つむ》いでいこう。

◇◇◇

――天空神殿
楠木重人《くすのきしげと》が転移し、静まり返る中、堂本《どうもと》恭平が小日向明《おびなたあきら》の方を振り向き膝をかがめる。

「これは、いらないだろう?」

表情も変えず堂本は、小日向の腰に差していた刀を抜き取る。そのまま少しだけ刀を抜き、状態を確認すると、満足したように自らの腰に差した。

「きょ、恭平?」

小日向の声に答えず堂本は神官長の方を向く。

「明はどうなります? 何かしらの罰が科されるのですか?」

「はい。彼は危険因子として新大陸の方に送られます。開拓地に。そこでの様子を見て再び問題ないと判断されれば、また一緒に居ることも出来るでしょう」

堂本と神官長の会話を聞いて、小日向が顔色を無くす。

「か、開拓地?」

新大陸とはイルミンスール大陸だろう事はすぐわかる。自分達が行くはずだったユグドラシル大陸と違い、まだ人間の生活圏があやふやで危険な場所が多いという。当然命の危険も多い。ここでの講習で皆その話は聞いていた。

「ちょっ! ちょっと待ってくれ!」

慌てたように立ち上がろうとするが、小日向は屈強な神官に押さえられ身動きが出来ない。

「ど、どけよっ！」

小日向は激高し魔法を使おうとするが、神官がすっと小日向の首に首輪のような物を付ける。その瞬間、小日向はガクッと力が抜けたように床に張り付いた。

「あぐっ……な、なんだよ……これ……」

動けなくなった小日向を見て神官達はそのまま立ち上がる。

「恭平！　助けろっ！　悪いのは結月《ゆづき》だろ？　なんで俺がっ！！！」

「明。俺も少しお前の扱いに悩んでいたんだ。少々気持ちにムラが多すぎると。……自分の感情をコントロール出来ない奴《やつ》は、必ず俺達の足を引っ張る」

「なっ……」

「辺境でその心をまっすぐに矯正してもらえ。そして心を成熟させ、俺を訪ねてこい」

「なっなんだと？　俺を、見捨てるのか？」

「違うな。お前が自分からハズれたんだ。俺の規格からな」

堂本は小日向から視線を外すと、辻大慈《つじだいじ》と佐藤哲也《さとうてつや》の方を向く。

「二人とも、予定がだいぶ変わって三人になってしまったが、それでも俺とくるか？」

「ん？　三人？　まだ仁科《にしな》と桜木《さくらぎ》がいるじゃないか」

堂本の言葉に辻が返す。堂本は一年の二人が立っている方に話しかける。

「桜木、行先《いきさき》は変えるんだろ？」

声を掛けられた桜木美希《みき》はビクッと堂本の方を向く。堂本と目が合うと首を縦に振った。

「すみません……。部長……」

「だが、今のお前に何が出来る？」

「それでも……先生は絶対に結月先輩を助けるって言ってました！」

「出来ると思っているのか？」

「なるべく、近くで待っていたいんです……っ！　そうだっ。部長も一緒に——」

「……悪いが分の悪い賭けはしない。君島《きみじま》が助かると信じてもいない」

「でも部長は、先生に刀を」

「あいつは、自分の矜持《きょうじ》を貫いた。だからそれに応えた。だがあいつ……楠木がこの世界の規格で、決して成り上がれないことは分かるだろ？」

「……で、ですが……結月先輩だっていますしっ」

「ギャッラルブルー神殿のあたりは上級クラスの魔物がゴロゴロいるという。俺達に斬れるのは精々中級クラスだ。それがどういうことか解《わか》るだろ？」

堂本の問い詰めるような言葉に、桜木は目に涙を浮かべて黙り込む。

「部長。僕も……桜木一人じゃ心配だし……申し訳無いっすけど」

「鷹斗《たかと》君……」

話を聞いていた仁科鷹斗も、堂本に行先を変えることを告げる。堂本はそれが解っていたかのように、深くため息をつく。

「俺達は初めの予定通りリガーランド共和国の冒険者ギルドに所属する。出だしの街として魔物の強さもちょうどよい。腕を上げればそれに合わせて場所も変えていく」

「はい……」

「行先が分からなければギルドで聞け。お前達ならいつでも受け入れる」

「……わかりました」

そして、残された六人はそれぞれが自分の決めた道を歩き始めた。

◇◇◇

一つ目の巨人を倒した後、その音、血の臭いで魔物を寄せ付けることを恐れすぐにその場を離れる。それでも初めて魔物を倒した事で、前向きな気持ちにはなっていた。

しばらく走ると、妙に体が火照《ほて》って来た。息も乱れ段々とキツくなってくる。

俺は先を先導するように走っていたが、とうとう膝に手をあて、息を切らしてしまう。

「はぁ。はぁ。……悪い。体力がついていけて無くて……」

「だ、大丈夫ですか？」

呼吸を整えながらも周りの警戒を続ける。それにしても情けない。運動なんて大学を卒業して以来まともにしていなかったからな。それにしても……暑い。

「そこの家、あまり壊れていない処《ところ》……。少し休みませんか？」

心配をしてくれているのだろうか。口調も丁寧になったかもしれない。近くにあったこぢんまりとした建物の中を覗《のぞ》き、問題がないことを確認すると建物内に入る。

「奥に、行きますか？」

「どうだろう、あまり奥だと、いざという時に逃げられないかもしれない」

「そう、ですね。じゃあ、そこの陰のところで」

建物の中はもともと物が少なかったのかそこまで酷《ひど》く荒れている感じではなかった。椅子なども見当たらないため、外から見えないような場所に座り、壁により掛かった。

君島はカバンの中を探ると、タオルを取り出してそれを握りしめる。何だ？　と見ているとすぐにタオルからポタポタと水が垂れ始めた。それをグッと一度絞ると俺に差し出してきた。俺はそれを受け取りながら聞く。

「魔法、か？」

「はい。先生、顔がだいぶ火照って居ますので、濡《ぬ》れタオルのほうが良《い》いかと」

「あ、ああ……済まない。木を操る魔法だけじゃないんだな。すごいな」

「水は木の魔法と相性が良いみたいなんです。少しなら」

「そうか……ありがとうな」

ヒンヤリとした濡れタオルで顔を拭う。これはかなり気持ちがいい。俺はつい首筋の汗まで拭く。視線を感じて横を見ると君島がそれを見ていた。

「あ、いや。すまん……。オヤジがお店のおしぼりで顔を拭きまくる感じだな。……あっ、後で俺のタオル使ってないから渡すよ」

「ふふふ。大丈夫です。気にしないでください」

「そ、そうか？　……いや、それでも。さすがに……な」

濡れタオルで一時的に火照りが楽になるが、なかなか鎮まらない。慣れない世界で風邪でも引いたのだとしたらヤバい。内心焦《あせ》りながらも君島には大丈夫だという顔をする。

「それにしても、暑いな」

「そうですか？　でも……あっ」

「どうした？」

「えっと、はい。もしかしたら、先生、階梯《かいてい》が上がったんじゃないですか？　確か階梯が上がる時に熱が出たり、目眩《めまい》がしたりって体調が崩れたりするらしいですよ」

「なるほど……いや、だけど俺は一匹倒しただけだぞ？」

「でも、ここってかなり魔物が強いって話ですよね。ゲームでだっていきなり強い魔物を倒せばレベルが幾つも上がったりするじゃないですか」

「な、なるほど……そう、なのか？」

「神民録《しんみんろく》で見られませんか？」

君島に言われるまま、腕の神民録を見る。

「……確かに、階梯とランキングのところが出ていないな」

「あ、本当ですね。階梯が上がり中ということでしょうか」

それからしばらくすると俺の火照りも完全に収まってくる。俺が再び神民録を確認すると数字が再び出てきていた。階梯が二になり、ランキングも上がっているのが分かる。俺は少しテンションを上げて数字を数える。

「おおう……桁は変わってないが……三千万位まで上がってる！」

「やっぱりっ！　……でも三千万位なんですね、それであんな攻撃が出来るなんて」

「え？　ああ、俺のは異界スキルっていったか？　俺のやっていた流派がそのままスキルになっていたんだが、そういうのは順位には反映しないのかもしれないな」

「異界スキルは基準が付けられないんですね、私達の剣道も役に立てばいいんですが」

「ああ、剣道か……うん、あの足さばきは戦いにはかなり役に立つと思うぞ。うん。……ところで君島は何位くらいなんだ？」

「わ、私ですか？　……えっと。……九百万位くらいです」

「え？……あ、ああ……そうか……なるほど……」

……聞かなければよかった。若者の順位など。階梯が上がったのに桁が一つ違う君島に少し複雑な思いを抱いてしまう……。

俺の体調が戻ると二人で今後の予定を相談する。君島も生き残るために思考を前に動かし始めていた。その姿を見るだけで、俺がここにきて良かったと感じる。

考えてみれば二人とも突然こんなハードな世界に来るつもりは無かったわけで、サバイバルに適した格好ではない。俺はワイシャツとスラックスだからまだ良いが、君島に至ってはスカートを穿《は》いている。君島は比較的暖かい所に行くつもりだったらしい。

その後携帯食のセットを開いてみると、ヌガーの様な棒状の食品が七本入っていた。これ一本でどのくらいのカロリーが取れるのだろうか。

君島にも食事を取るように言い、俺も携帯食を少し齧《かじ》る。水に関しては君島の水の魔法で、お互いの水筒を満たす。君島に色々頼る感じになってしまい、ちょっとした風を起こせるだけの自分が恥ずかしくなる。

「でも、先生の話だと斬るときに持っている魔力を集中させて使っているんですよね？」

「ん？　まあ、カリマーさんの見た感じだとそうらしい」

「十分ですよ。魔力を無駄使いしないで大事な時のために取っといてくださいね」

「あ、ああ。そうだな」

大事な時。このまま隠れたまま人里まで行けるなんて夢みたいなことを考えている訳ではない。おそらくまた魔物と戦わないといけない場面は来る。

その時はまた、しっかりと君島を守れるように、だな。


それから街の中を隠れながらそっと移動していく。今の所魔物に見つけられる事もなく順調に進んでいると思えたが、街を出る門の手前に一匹の魔物が寝ていた。

「居るな……」

街の外に出るには、魔物の横を通らなければならない。グルグルとイビキの様な音を立てているが、眠りの深さも分からない。遠目に魔物を見ながら途方に暮れる。

街はおそらく魔物の侵入を防ぐためなのだろう、グルっと城壁のようなもので囲われている。所々傷んでいるのは分かるが、かなりの厚みのある壁の様で穴まで開いている場所が無い。そうなると街から出るには門を通らなければならない。

「他の門を探すか……」

「……そうですね」

そっとその場から離れる。ここまで見た動物っぽい魔物は寝ているものが多く思えた。もし、それらの魔物が夜行性なら、夜の間は隠れたほうが良いのだろうか。

歩いていると、後ろから君島にグッと袖を引かれる。俺は魔物が居たのかと、少し腰を落として立ち止まり急いで周りを窺《うかが》う。

「魔物か？　どっちだ？」

「……」

「ん？」

「その……おトイレに行きたいんです」

……。そうか。気を張りすぎてそれどころじゃなかったが。それはかなりリアルでシビアでナイーブな問題だ。どうしようか。この街は割と近代化が進んでいる街のようだ。そこら辺の建物に入れば普通にトイレくらいあるかもしれない。

「じゃあ……。ちょっとそこの建物を調べてみよう」

そう言うと、元は二階建てだったと思われる建物に入っていく。二階の床が半分抜け、青い空が見える。奥は鍛冶場のような場所があり崩れた煙突も見える。

俺達は日本の建物の感覚でトイレの位置と思われる場所を覗いていく。

「これ……かな？」

この世界のトイレは洋式トイレに近い。穴の中を覗くと下の方からチョロチョロと水が流れている音がする。水洗とは違うが、水洗に近い形態なのかもしれない。

「大丈夫そうだ」

「あ、ありがとうございます」

「じゃあ、……外にいるから」

トイレのドアはすでに破壊されている。トイレに対して横にドアが付いているので、外からは見えにくいが、音もあまり聞こえる場所は躊躇《ためら》われる。君島《きみじま》の方を振り向き、問題ないのを確かめてから、壊された壁から外に出る。

なっ……！

壁の穴をくぐった瞬間、一匹の魔物と鉢合わせる。魔物はイボイノシシの様な長く大きな顔に牙や角が生えている。そしてこいつは獣でありながら、二本足で立っていた。

「ブルルル」

穴をくぐるために少し屈《かが》めていた体勢のまま反射的に柄に手をかけ、鍔《つば》に親指をかける。

魔物も突然目の前に人間が現れたことに驚いたのだろう。一瞬の体の硬直を見せる。それでもすぐにブルルと鼻を鳴らしながら手を伸ばそうとする。

俺はすでに鯉口《こいぐち》を切っていた。魔物が動き出す時にはもう抜き終わり、その不気味な首を斬りはねている。よし……。大丈夫だ。

少し震える息を吐きながら、俺はもう迷いも躊躇《ちゅうちょ》も無い自分にホッと一安心する。

「ふう……」

階梯が上がったというのもあり、体のキレが先ほどとは断然違っている。

俺は血振りをし、刀を納め、ようやく崩れ落ちる魔物から目を離す。

まだ心臓がドキドキしている。当然だ。ドアを開けたら目の前にゴキブリやムカデが這《は》っていたような状態だ。しかも魔物は俺の命を奪う存在である。もっと酷い。

スー。ハー。

心を落ち着けても、最高速で動く鼓動が落ち着くには少し時間がかかりそうだ。

「……今の音は？」

「ん？　なんでも無い」

せっかくゆっくり用を足している時に、怖がらせるのもデリカシーが無いか。

俺は何事もなかったかのように、建物の中に戻っていく。階梯が上がり、魔力が増えたのだろう。残りの魔力を探りながら考える。前回は居合抜き一回で三分の二くらい減っていた魔力だったが、半分くらいは残せるようになっていた。おそらく二回の居合に耐えられそうだ。よし。ずっと安心感は増す。

待っていると、君島が出てくる。トイレに曇った鏡があったからそれを利用したのか、綺麗《きれい》に伸びていたストレートのロングヘアを、動きやすいように結い上げていた。君島の生きようとする意志がそう思わせるのだろうか。俺はその姿を美しいと感じ、思わず見とれてしまう。すると俺の視線に気づいた君島が恥ずかしそうに言う。

「……動きやすいかなって」

「お、おお……。い、いいじゃないか似合うぞ」

こんな状況で二人きりで居れば女性を意識してしまうこともあるかもしれないが、うん。君島は生徒だからな。それ以上でもそれ以下でもない。そう自分に言い聞かせる。

その後二人は城壁を確認出来る距離を保ちながら進んでいく。やがて先程の門より小さめの裏口のような門が見えた。

「門の前に魔物は居ないですね」

「そうだな、でも慌てるなよ、何処《どこ》に何が居るかわからないからな」

ホッとして警戒を怠ってミスをするというのが怖い。ゆっくり警戒しながら門に近づいていく。大丈夫そうだ。きっちりと背後にも警戒をする。そしてそっと門の外を覗《のぞ》いた。

門の外は木や雑草が乱雑に茂り、先は見えにくい。門の外には堀があり、肝心の渡る橋が見当たらない。ただ堀は泥沼のような状態になっていた。対岸を見れば、左の方の部分にかなり土が削れている所があり、そこからなら登れそうな感じがする。

「橋……無いですね」

「さすがに落とされたんだろうな……」

「どうしましょう……他の門も橋が落ちているんでしょうか？」

「はじめに見た大きい門はかなり頑丈に作られているかもしれない。ちゃんと見たわけじゃないが、寝ている魔物の向こうにも道は続いていたように思う」

このくらいなら頑張れば降りて渡れるかもしれないが……。どうするか。

悩んでいる時だった。突然ガサガサと草の茂みをかき分けヌゥと魔物が顔を出した。広場で見かけたカバの様な魔物だ。水でも飲みに来たのか、ドシドシと重たそうな体を三対、六本の足で削られた堀の土手に向かって歩いてきた。

顔は確かにカバのようだが、目も三対。六つの瞳がギョロギョロと統一性のない気持ちの悪い動きで、周りを見ている。そしてその瞳の一つが俺と君島の姿を捉えた。

「ギャアアア～～！」

「ひっ！」

突然、魔物は体に似つかわしくない甲高い叫びを上げる。その雄叫《おたけ》びに君島が悲鳴をあげ俺にしがみつく。魔物はそのまま俺達から視線を外さずに、バチャバチャと坂を下り泥の中に入っていった。そしてそのままこちら側に登って来ようとする。

一瞬の逡巡《しゅんじゅん》。しかたない。こいつを斬って先に進むか。

「君島離れろ！　堀を越えてきた瞬間こいつを——」

斬って進もうと決断し左手を刀に添えたとき、ガサガサと音を立てて茂みからもう一匹のカバの魔物が顔を出した。

くっ！　駄目だ……まだ二発抜けるほどの魔力は戻ってきていない。

どうする⁉　しかし、すでに土手を削りながらカバの足が縁に掛かる。もう……逃げられない。くっ。とりあえず、こいつを……。

コイツだけでも斬ろうと構えたまま待つ。魔物は土を崩しながら登るのに手間取っている。焦《じ》れる中、深呼吸で心を落ち着かせる。振れる一撃でミスは許されない。

……シュパン！

顔が出た瞬間を逃さず俺は頭部を斬り落とす。しかし余韻に浸っている暇はない。

「逃げるぞっ！」

俺に斬られた魔物が堀の中に落ちていき、次に登ろうとした魔物の上に落ちたのだろう、「ギャウ」という呻《うめ》き声が聞こえる。振り向いた目の前の通路には魔物の影は見られない。無意識にまっすぐ街の中に向かって走る。

「ブゥルウアアア！！！」

突然左側から魔物の唸《うな》り声が聞こえた。嫌な予感を増しながら横を見れば先程トイレの時に斬った魔物と同じイボイノシシの魔物が数体、こちらに向かって何かを叫んでいる。

くっそ。止まったら確実に死を迎える。俺と君島はひたすらに逃げる。

「グルルルル……」

なりふり構わず走る俺達に街の魔物達が目を覚まし始める。今度は前方で俺達に気づく魔物に、慌てて道を曲がる。頭の中で嫌な予感ばかりが膨らんでいく。

「先生……」

「まだ走れるか？　がんばれっ」

君島を励ます声にも、何の裏付けもない気持ちが乗ってしまう。くっそ。何か手はないのか。魔物同士の共食いとかは。生き残っている街の人間が助けてくれないか。……夢に近い願望ばかりが浮かぶ。くっそ。駄目だ。俺は必死で妄想を振り払う。

今は、リアルに。生き残る何かを考えねば。君島のツタ？　駄目だ。俺の居合も駄目。

……くそっ。今ある俺達の武器はそれだけなのか？

何処かに逃げ道は？　……魔物が来ない……地下の抜け道とかは……。

……トイレ？

まさか……下水が整備されてる？　いや。流石《さすが》にあのトイレの穴じゃ入れない……。

……もしかしたら。

「君島！　こっちだ！」

「はっはっ……どっ何処に？」

「クレーターだ！」

「クレーター？　……あ」

俺の呼びかけで君島も思い当たったようだ。どうなるかわからないが、この絶望的な状況から希望のカケラを見つけ、俺達はそれに全てを賭ける。段々と呼吸も厳しくなってくるが歯を食いしばり走り続ける。呼気に血の臭いが混じり始める。

階梯《かいてい》は俺のほうが上がっているが、きっと身体能力のベースで考えれば君島の方が高いはずだ、実際全速力で走る俺に君島は付いてくる。俺さえ潰れなければばっ。

しかし、後ろから追ってくる魔物の数はどんどんと増えている。

やがて記憶に残る道に入る。確か、この先だ……。

「あった！」

勢いよく走り続けたままクレーターのような爆心地の中に滑り込む。穴はここに！

「グゥォォォォン！」

唸り声をあげ、ライオンのような魔物が飛びついてきた。俺は方向を切り替えながら刀を抜き、なんとか爪をいなす。ぐぅ。やはり魔物との力の差もでかい。力をいなすだけなのに、体勢が崩れ、吹っ飛ぶ。

「先生！」

「良《い》いから！　先に飛び込め！」

君島が吹っ飛ぶ俺を見て叫ぶ。俺が叫びながら再び立ち上がるのを見て、意を決して開いていた穴に飛び込んだ。よしっ。君島はこれで……だが。この穴では……。

すぐに俺も続こうとしたが、俺の体にはどう考えても狭い。俺の躊躇を見逃すこと無く、魔物が再び俺に向かってくる。たしか、穴は二つ開いていた。もう一つの穴は……。

俺は逃げの一手だ。もう一つの穴に向かおうとしたとき、逆側からカバの魔物が突っ込んでくる。俺は構わず穴をめがけて走り続ける。

ドーン、と後ろで魔物同士が衝突する音が聞こえる。こっちの穴は……行ける！

俺は、そのまま崩れた穴の中に飛び込んだ。

第四章　地下水路

バチャン！

穴はそれなりの深さが有り、変な体勢のまま落ちた俺はかなりの衝撃を受ける。

「先生！」

もう一つの穴から先に飛び込んだ君島《きみじま》が近づいてくる。良かった。やはり繋《つな》がっていた。

君島との合流は嬉《うれ》しいが、上を見ると魔物達が穴に鼻の穴を押し付けて「グルグル」と唸っている。痛む体を必死に我慢をして立ち上がる。

「とりあえずここから離れよう」

足も少し痛めたかもしれない。俺は少し足を引きずりながらその場から逃げ出す。

幸い穴からは魔物が入ってこられないようだ。しばらく先へ進んでいくと魔物の音も遠ざかり、聞こえなくなる。ようやく一息つき腰を落ち着けた。

「ここは、なんなんですか？」

あたりを見回しながら君島が聞いてくる。そうか、君島は気が付いていないか。

「おそらくだが、下水だ」

「え？　下水、ですか？」

「大丈夫、五十年間誰もこの街で用を足していない、綺麗なものだろう」

「そ、そう……ですか……」

「五十年間でさっきの君島のトイ――」

「先生」

余計な事を口走ってしまったようだ。氷の様に冷たい君島の声が俺の言葉を止める。

「あ、ああ……。す、すまん。……ほ、ほら」

「なんですか？」

「み、見てみろ。この空洞の大きさ。梅雨のような雨季があればおそらくかなり増水するんだろう。そんなのが五十年も経《た》っていればみんな流されているさ」

「……そうですね」

日本の水洗便所を作るのではなく、街の計画として便が流れて行く水路を作り、その位置に合わせて建物を並べ街を作っているのだろう。水路に沿って小さく明かりが見える。

運良くさっきのクレーターがあったから何とか俺達が入れる穴が開いていたのだろう。

「先生、足を見せてください」

「え？　い、いや、大丈夫だ」

「ダメです。さっき引きずっていたじゃないですか」

君島の圧に押され、言われるままに捻《ひね》った足を見せる。

「少し、腫れてきていますね……」

君島はそう言うと、俺の足首を両手でそっと包むように触れる。

「え、な、何？」

「木の魔法の応用で、人間の治癒力を高める事が出来るんです。回復関係は使えるなら覚えるべきだと言われて、神官の先生に教わったんです……」

「か、回復か？　すごいな……」

「仁科《にしな》君と比べれば少し治るのが早くなる程度だとは思うんですけど……」

「いや、これだけでも十分助かる。なんか温かいな」

「もう少し……。先生が走れないと、逃げるに逃げられませんからね」

それからしばらくの間、こうして治癒の魔法を施してもらう。こんな綺麗《きれい》どころの女子高生に足首を触れられるのはいくら教師の俺でもどうしても意識が怪しくなる。チラッと俺の足首を癒《いや》している君島の方に目を向ければ、結いあげたせいでほっそりとしたうなじが嫌でも目に入る。くっそ。これはこれで厳しい。

必死に視線をそらし、上にあるトイレの数を数える。……それにしても少し日が陰ってきたのか、入ってくる光量も少なくなってきた。

「だ、だいぶ良いんじゃないか？　そろそろ」

「はい……。どうですか、ちょっと立っていただいて」

「ああ、どれ……うん、おお。良い感じだ。ありがとう」

「良かった……」

大したものだ。小日向《おびなた》にやられた火傷《やけど》の治療魔法とは根本的に違う感じがするが、これはこれで治癒力を高めるというのは本当なのだろう。軽く跳んでも先ほどの痛みはもうない。

元々薄暗い地下水脈だったが、トイレから入る明かりもほとんどなくなる。

「もう見えないな。このまま今日は休むか」

それでも少しは腹を満たさないと。確かリュックの中に懐中電灯のような魔道具があったはずだ。それを取り出し灯《あか》りをともす。その光の下で携帯食のセットを開いた。

「さっき半分齧《かじ》った残りで良いか。……そんなうまいものじゃないが……」

「そうですね。でもこれって、味はともかく長靴いっぱい食べたいよって、奴《やつ》ですね」

「え？　ははは。あの映画でも地下の方でそんな感じだったかもな」

こんな状況でも少し冗談で笑えるのは良い傾向だ。すると君島は少し真面目な顔になり俺の顔をジッと見つめる。

「でも……。本当にありがとうございます。先生が来てくれなかったら私、今頃……」

「まあ、それは……俺にも意地があるんだよ。お前らの顧問のままこの世界に来た。だからといって顧問の任が外されたわけじゃないからな……」

「……あまり先生とはいままで話を……。私達皆ですけど……ごめんなさい」

「ん？　気にするな。教師なんてそんな仕事だと割り切ってるから。そんなことより先に寝ろ。一応どちらかは起きていた方が良い気がする。何かあったら起こすからな」

「はい、先生も眠くなったら私の事ちゃんと起こしてくださいよ」

「ああ、その時は頼むな」

冷たい石の上、壁に背中を付けての睡眠だ。ちゃんと寝られるわけじゃないが、それでも上の街の中と比べれば安心感がだいぶ違う。君島も疲れているのだろう、しばらくすると小さな寝息が聞こえてくる。離れるのが怖いのか、俺の右腕をぐっと摑《つか》んだままだ。

「ふぅ……」

詳細な地図だって解《わか》らない。この子をちゃんと無事に届けられるか。真っ暗な闇の中で俺は不安に押しつぶされそうになるのを、必死で堪《こら》えていた。

◇◇◇

「先生。先生？」

君島に起こされて目を覚ますと、天井からいくつもの光の筋が降りていた。大抵の建物が破壊されているためか入ってくる光は思ったより多い。

「ああ……悪い、だいぶ寝てたか？」

「いえ、でもそろそろ起こした方が良いかなって。大丈夫ですか？」

「ありがとう、問題ない」

俺も体を起こし、グッと伸ばす。さすがに少し体の節々が痛い気がする。立ち上がってさらに体をほぐすと、また携帯食を少し齧る。

生徒の君島に夜番を頼んで寝るのは少々悩んだが、そんな事を言っていれば永遠に寝られなくなる。交代で眠るのが正しいのだろう。それでも結構寝かせてもらえたようだ。

とりあえず今日は、この水脈沿いに進む。予想だと街の外に出て、大元の川と合流するはずだ。そして川は内陸から海まで繋がるのだろう。俺達の逃げる目印にもなる。

水路は真ん中に水が流れ、周りの壁伝いに人が歩けるように少し高く平らになっている。そこを歩いていく。昨日落ちた時に濡《ぬ》れた服は気にならないくらいには乾いていた。

薄暗い地下水路の中にも光が漏れ入ってくるが、水路の水の中までよく見えるわけじゃない。見えない物というのはそれだけでそれなりに恐怖心を感じる。

ん？　しばらく歩いていると、なんとなく頭上の穴から漏れてくる光が弱まった感じがする。やがて、ポタッポタッと穴から水が垂れ始めた。

「トイレ……じゃないよな。雨か」

「みたいですね。ここなら濡れないから良かったですね」

「そう……だな」

その後、雨も少し強くなってきたのか頭上から落ちてくる水量も次第に激しくなってくる。確かにここなら雨に濡れないが……。

やがて、街の中から抜ける場所に出たのだろうか、水路上に点々とあったトイレの穴が無くなり、先は少し暗くなってくる。俺達はリュックから懐中電灯の魔道具を取り出し、そのまま歩き続けた。

時間なんてわからない。途中なんとなくの感覚で壁により掛かるように座って休み、携帯食を再び齧る。今の所、一本で一日は行けるような気もする。いや、せめてそのくらいはカロリー補給出来ていると助かるのだが。

「大丈夫か？　疲れてないか？」

「疲れは、無いわけじゃないですけど。大丈夫です」

「そうか……。まあ、無理はするなよ、動けてこそ逃げ延びられるというものだ」

疲れのせいか二人で言葉少なく休む。水の流れの音だけが空間を満たしていた。

「……先生？」

「ん？」

「なんか水の流れが少し激しくなってきていませんか？」

「……やっぱりそう思うか？」

「はい……」

「少し急ぐか……」

まだ外は雨が降り続いているのだろうか、そもそも山のほうがどうなっているのかは分からないが、再び灯りをつけ出発の準備をする。水路の水を確認すると水位も少し上がってきている。この歩いている場所まではそれでも一メートル半位の余裕はあるが……。

大丈夫だろ？　流石《さすが》に……。そう自分に言い聞かせ前に進んでいく。

しばらく歩くと先の方で、ゴーという強めの水の流れを感じる音が聞こえてくる。更に進むと、右に同じような下水の水路があったようで二つの水路が合流していた。

……あれ？

街の配置を考えるとこういった水路が何本も縦に掘られているはずだ。俺達は左側の壁づたいに歩いている。その為《ため》右側の水路との合流は問題ないが……。

嫌な予感がする。

それでも今は進むしか無い。更に進んでいくと再び水路同士の合流場所にたどり着く。

残念ながら嫌な予感が当たる。今度は左側にある水路との合流だった。つまり俺達の歩いていた左側の足場は合流地点で終わり、それ以上進めなくなる。

くっそ……まずいな。

合流地点は他にも右側からの水路が複雑に合流しており、水量も豊富に渦が巻いていた。

合流した左側の水路の壁を見れば同じような高さに足場のような段差がある。

「ここから少し左の方を登っていくか？」

「それしか無いですよね」

「雨が止《や》めばおそらく水位は、はじめのようにそんなにじゃ無くなると思うんだ」

ゴゥゴゥと複数の流れが合流する事で、異なる流れが渦を作り、濁流は魔物とも変わらない脅威になる。俺達は落ちないように壁に張り付きながら合流部分の壁を鋭角に折り返す。合流部分の足場はかなり薄くなっていて、思わず恐怖に身を捩《よじ》る。

　無事に折り返し、水路に沿って少しずつ先に進む。

　だんだんと足場の広さも出てくる。少し気持ちが緩んだのがまずかった。

　ガラガラガラッ！

「うぉおおっ！」

「先生っ！」

　突然俺が踏んだ足場の岩が崩れる。古くなり少し脆《もろ》くなっていたのかもしれない。必死に足場のへりを掴み落下は免《まぬが》れたが……膝くらいまでが濁流につかってしまう。

「うぐっ」

　流れに持っていかれそうになるのを必死に堪える。君島《きみじま》が必死に俺の腕を掴んで引き上げようとするが、まだそこまで足場が広く取れていないため無理な体勢になっている。

「……こ、これは無理だ……。

「き、君島……放せ……巻き込まれる」

「嫌ですっ！」

「ちょっと、本当に……まずいって」

　くっそ。流れる水ってこんなにヤバいのか。必死に足を上げて水から離そうとするが水流が俺の足を摑むように放さない。少しずつ水位も上がりつつある。

「絶対……離さないでくださいっ！」

指の力がだんだんと怪しくなってくる。もう……君島の叫びにも応えられそうもない。

「川の先で待ってるから……お前はゆっくり落ち着いてから来れば……」

「嫌！　駄目っ！」

君島が叫びながら足場に膝を突き、俺の脇辺りまで深く摑もうとする。

目に涙をためて必死に俺を摑む君島に俺も応えなければと思ったとき。

ガラガラッ！

更に足場が崩れる。それとともに君島の足元の岩まで崩れ――。

――俺達は濁流に呑《の》まれた。

くっそ。くっそ。結局俺のせいで！

水の中に落ちる前になんとか君島を抱きしめる。君島も両手でグッと俺にしがみついてくる。そのまま俺達は濁流に呑み込まれ、何も出来ずに水流に弄ばれていた。

息が限界に達しようとした頃、急に水路の合流による流れの乱れが無くなり、流れが素直になった。まっすぐ川下に向かって流れるような水流に変わる。

「ぷはぁ！」

俺達は流されながらもなんとか呼吸を確保する。まず目の前の最悪の事態は避けられたのだろうか。流れは速いながらも淀《よど》みはない。人工の水路だからこそなのか……。

それにしてもこの水路どこまで続くのだろうか……。普通に川に合流するだけならまだましかも知れない。この山間部だ……まさか……いや、あれは考えたくない。

呼吸が取れるようになり、少し余裕が出来て君島の様子を窺《うかが》う。両手はぐっと俺を掴んだままだがちゃんと顔を水から出すように呼吸も出来ている。パニックには成ってない。

「みっ水の魔法で、何かっ。出来ないか？」

「今っ。沈まないようにっ。やってますがっ。それ以上はっ」

な……ぐっ。妙に呼吸が楽だと思ったが、すでに君島がやってくれてたのか。何も出来ないで流されているだけの俺とは違う。つくづく頼りになる。助かる。

やがて先の方に光が見えてくる。地下水路の終わりか。この先はどうなっているんだ？広い川にでも出れば流れも少しは緩やかになると思うのだが……。

流れの中、この先の事を常に考え続ける。地下水路の出口もあっという間に近づいてくる。全ての水路が合流しているんだ。水量も多ければ流れの速さも通常以上だろう。

そして俺達はバッと洞窟から出る。その明るさに目が眩《くら》んだ。

……。

まだ雨は降っている。曇天だが、洞窟内との光量の差は大きい。流石に目が慣れるまでに少しかかった。それにしても……君島のおかげで水から顔を出したままでいられるというのが本当に助かる。慣れてきた目で周りの状況も比較的楽に確認出来る。

…………最悪だ。

周りの景色。途切れて見えない川の先……。滝だ。間違いない。

君島も気が付いたのだろう、はっと息を呑みグッと手に力が入る。

「君島。絶対放すなよ！」

「はい」

「足も使って俺をぎっちり挟み込めっ」

くっそ。やってやる。やってやる。

前からギュッと君島がしがみつくが、さすがほっそりとした体型だ。なんとか右手が刀の柄を握れる。左手でぐっと鞘《さや》を摑《つか》む。

俺には居合しか無い。

水に流されながらも意識を刀に同調させていく。よし、大丈夫だ。集中出来る。周りの水の流れが妙にはっきりと感じられ始める。しがみつく君島の鼓動も。魔力が途切れず流れ、水流に呑まれぬよう調整してくれているのも感じられる。

……俺だって。

ミレーに教わった風の魔法。それを腰の刀に染《し》み込ませていくイメージだ。

急流は否応《いやおう》なく俺達を追い詰め、躊躇《ちゅうちょ》する間もなくすぐに滝が目の前にやってくる。

そして流れの勢いのまま俺達は空に放たれた。

まだ…………まだ……。

風を全身に受けながら状況を確認する。予想以上に高い滝。下にはでかい滝壺《たきつぼ》と池が見える。確か飛び込みの選手には十メートルの高さで一トン近い衝撃が在るというのを見たことがある。ここは……十メートルどころじゃない。三十メートル近くありそうだ。

んぐっ……あまりの高さに恐怖が体を蝕《むしば》み始める。

怖い。恐怖で体が萎縮し、集中が切れかかる。思わず目も閉じ、柄から手を離しそうになる中、腕の中の君島の声に気がつく。

「先生！」

「君島ぁああ！」

無意識に俺は、すがりつく生徒の名前を叫ぶ。そうだ。怖いのは俺だけじゃない。

宙に放たれた俺達は、すぐに重力に引かれて落ち始める。すぐに俺は態勢を整え下に向けて居合を放てるように調整する。相手は空気。そして重力。恐怖。自分。

鯉口《こいぐち》を切り、タイミングを計る。

水面が間近に迫る中、引き絞られた弓が放たれるように、俺は一気に抜刀した。

ブゥオオオオ！！！

抜刀とともに暴風が下に向かって放たれる。刀の振られた筋に合わせ滝壺の水がまっぷたつに割れ、湖底まで露《あら》わになる。

凄《すご》い、これなら……いや！　くっ！　やばいっ。このまま地面に？

クラッ……。

突如猛烈な眩暈《めまい》に襲われる。消えそうな意識の中、せめて俺が下にと必死に体位を君島と入れ替える。次の瞬間、爆発にも近い風がクッションのように二人を包み、一瞬ふわりと空中に浮く感覚を受けた。

そのまま割れた水が戻る水柱の中に二人は呑《の》み込まれていった。

◇◇◇

～君島結月《ゆづき》～

私が剣道を始めたのは、中学時代まで習っていた薙刀《なぎなた》の先生が高齢のため道場を閉めることになったのがきっかけだった。

幼馴染《おさななじみ》の明《あきら》が勧めてくれたのもあったが、薙刀をやっていて、竹刀というものに興味があったのもある。剣道部の顧問の先生は県下でも有名な指導者であり、教え方も上手で剣道を本当に楽しいと思える練習をやらせてくれる。

メキメキと実力も伸び、充実した二年を送った。

三年になったとき、顧問の先生が違う学校へ転任することになり、新しく顧問になった楠木《くすのき》先生は剣道をやったことのない素人《しろうと》の先生だということだった。話によると居合道をやっている先生だということだったが、特に指導することはなく、大会や練習試合に顔を出すくらいだった。

前の顧問の先生に心酔していた明は、特に露骨に楠木先生に辛《つら》く当たっていた。明だけじゃない。他の部員達もどうしても比較してしまい、少し馬鹿にする雰囲気まで作っていた。思えば私も、自分から先生に話しかけることは殆《ほとん》どなかったかもしれない。

それでも先生は私達のために練習試合の交渉や、大会の付き添いなど笑顔で仕事をしてくれていた。

いい先生だけど、どこか頼りなかった先生が。今は誰よりも頼りがいのある、信頼出来る先生になっていた。

魔物ばかりがはびこる廃墟《はいきょ》の街に飛ばされ、もう駄目だと思ったとき。先生はいつものように笑顔で私を励まし、導いてくれた。見上げるような大きな巨人をもその刀で退けてしまう。

川に落ち、ものすごい水流に流されていく。

そんな絶望的な状況で、私にはどうしていいか分からなかった。だけど先生が「放すなよ！」と確信を持って叫んだ。こういうときの先生は絶対大丈夫だ。そう思えた。

今は目の前の先生を信じる事で心にも余裕が出来る。

私には水魔法で水流を操作し、呼吸を楽にするくらいしか出来ないが、きっと先生ならなんとかしてくれる。

しかし状況はどんどんと変わっていき絶望が上書きされていく。

最悪なことに川の先に滝が待ち構えていた。

滝から二人が放たれ、私はあまりの恐怖に目を閉じていた。ただただ落下する中「先生！」と叫ぶのが精一杯だった。

「君島《きみじま》ぁあああ！」という先生の声が聞こえ、私は再び大丈夫だと確信する。その直後、しがみつく先生の中から凝縮した魔力が放たれるのを感じた。

先生の胸に顔をうずめ目を閉じていた為《ため》、その時に何が起こったかは分からなかった。ただ、ものすごい暴風が吹き荒れ、二人の体が一瞬浮いたように感じた。

そのまま大した衝撃もなくまた水の中に落ちる。

「先生？　先生？」

水に落ちてからすぐさま水魔法で無理やり水流を作り私達二人を浮き上がらせる。しかし、先生は気を失ったまま目を閉じていた。滝壺は広い湖の様になっていた。そのせいだろうか、今まで流されていたような強い水流が無く、なんとか私は岸までたどり着く。

この世界に来て「神の光」というのを浴びたせいか、私は少し筋力なども増えている。岸になんとか先生を持ち上げ、私も水から出る。

慌てて先生の状態を確認するが呼吸もちゃんとしていた。良かった……。

水がかからない崖の下まで先生を運び、木の魔法で周りから見えないようにする。

先生の言うように、この魔法はすごく便利な魔法だ。葉っぱの位置を調整することで雨水も上手《うま》くしのげる。

……また、助けてもらっちゃった。

先生の体を後ろから抱きかかえるように抱きしめる。水で冷えた体を少しでも温めたほうが良《い》いかもしれない。

ポツ。ポツ。ポツ。

葉っぱに落ちる雨音を聞きながら。

第五章　街を出て

「んっ……？」

なんだろう、良い匂いがする……ここは？　柔らかいクッションに身を沈めるような安心感に再び眠りそうになる。……ん？　このすべすべしたのはなんだ？　この吸いつくようなさわり心地……なんとも言えない気持ちよさがある。目を閉じたまま、スベスベと感触を楽しみながら頰をつける。

いい……。

そのまましばらく、微睡《まどろ》みの中で俺を抱える腕を何気なくさすっていた。

腕？　……誰の？　……！

ぼやけた意識の中でどんどんと紐《ひも》が繫《つな》がっていき、嫌な予感が現実として膨らんでいく。

まさか！　先ほどまでの状況が頭をよぎり、慌てて起き上がろうとする。

んぐっ！　起き上がろうとした瞬間に後ろから俺を抱えていた腕にグッと力が入り、俺は立ち上がるのに失敗した。

きっ君島？　この時、ようやく自分が君島に寄り掛かるように寝ていたことに気が付く。スベスベして気持ちいい……じゃねえよっ！　横目に見た君島も怒ったように口を真一文字に結び、真っ赤な顔で視線を外しているのが見えた。慌てて謝ろうと口を開いたとき、今度は「シッ」と押さえていた手が口をふさぐ。

「ブルル」

その時、少し離れたところで魔物の鼻を鳴らすような音が聞こえた。口をふさがれた理由をさとり、すぐに抵抗を止《や》める。

俺が黙ったのを確認すると、目の前に茂る葉っぱの隙間をそっと開けるように君島が指を伸ばす。少し離れたところに、あのカバのような魔物が居るようだった。それを見せようとしたのだろう、すぐに開いた隙間を閉じ、再び俺を抱きかかえるようにする。

ドックン。ドックン……。

目の前の魔物のせいか、君島の体温がそうするのか、心臓の鼓動がやけに大きく感じる。

魔物は俺達に気が付いていない。君島もこのままやり過ごすつもりなのだろう。

ポツ……ポツ……。

しばらくじっとしていると、止んでいた雨が再び降りだす。葉に当たる雨音を聞きながら、俺達を覆っている葉に目をやる。それにしてもこの重ね方には感心する。瓦の様にうまい具合に重なり、水が内側に垂れてこないようになっていた。

ドックン。ドックン……。

滝もすぐ近くにあり、滝壺《たきつぼ》を打つ水流の音もかなりの大きさだ。それでも、俺はこの鼓動の音が、君島に悟られないようにと必死に深呼吸を繰り返していた。

……俺達が滝から落ちるとき。渾身《こんしん》の魔力を込めた抜刀で、今までとは違う異常な量の魔力が消費されたのを感じた。あの時、魔力は完全に戻っていたはずだ。それがすべて、あの抜刀で消費されたんだ。気絶するほど、完全に使い果たす程に……。

それでも、こうして生きているという事は、俺は成功させたのだろう。しかしあの後そのまま滝壺に落ちたはずだ。そこからここまで……。君島にはやはり助けてもらいっぱなしだな。助けに来た俺が、むしろ助けられているなんて……。

俺達はジッと魔物が去るのを待ち続けた。

……。

「そろそろ……大丈夫そうか？」

「もう少し……このままでも」

「うん……え？」

「ふふ、冗談です」

「お、おお。そうだよな。うん……まあ……その……なんだ」

「はい？」

「すまん」

「……何が……ですか？」

「え？　いや。その……」

一時間程じっとしていたのだろう。それも、生徒と密着したまま……俺はなんとも言い難《がた》い罪悪感やら、恥ずかしいやら、尊いやら、ごちゃまぜな感情に苛《さいな》まれる。

だが当の君島は全く気にしていないといった顔で俺に笑いかける。

「流石《さすが》に服を着替えたいですね。風邪、引いちゃいそうです」

「そうだな……俺も流石に濡れたままでは……。ああ、俺は外に出るな」

外に出てリュックを開ける。あれ程の濁流に呑《の》まれながらもリュックの中は全然水が入っていない。これも……魔法の効果なのだろうか。

少し葉っぱのテントから見えない場所に移動してから、腰の帯と刀も外し、服を脱ぐ。

そしてその服を生活魔法で乾かす。濡《ぬ》れた服を着続けていた為《ため》体がだいぶ冷えてしまっていたが、君島に接していた背中だけは異様に熱を感じていた。

やはり乾いた服を身に纏《まと》うだけでもかなりホッとする。

改めて生活魔法の便利さを感じながら、葉っぱのテントを振り返る。確かにこれだったら魔物もそこに人間が居ることに気が付かないだろう。驚くくらいの完成度だ。

水筒の水を飲み、地図を見ながらルートに悩む。地図にはこの川と思われる線が描かれている。川沿いに行くか、それとも道を探すか。周りの様子を窺《うかが》いながら考えていると、着替え終えた君島が葉っぱのテントから出てきた。

「着替えるとさっぱりとしますね」

「あ、ああ。さすがに濡れたままの服はキツイな」

君島は天空神殿で貰《もら》った着替え用の服の為、日本で見かける服とは少し雰囲気が違う。君島の方はこの世界に私服を持ち込めなかったため、今までと同じような神殿で支給された服に着替えていた。靴も中まで濡れてしまっていたようだが、さすがに替えは無いようで、靴下を諦めて裸足《はだし》のまま履いていた。

テントから出てきた君島を見て、先程まで感じていた体温を思い出し再び心臓の鼓動が速まるのを感じる。俺は必死に何事もないように対応を心掛ける。

時間的にはどのくらいだろうか。太陽の傾きを見るともうじき日が暮れ始めそうだ。

「どうしようか……歩き始めるには時間が微妙か？」

「そうですね。ここは滝の音もあるので、私達の音も気が付かれにくいと思うんです」

「なるほど……そうだな。今日は休むか」

たしかに焦《あせ》って歩いて、夜に隠れる場所が見つからないなんて話も怖い。体力もだいぶ消費しているのは確かだ。魔力は……まだ心もとない。君島の意見に従い休むことにする。

ん？　ふと君島の姿を見て、違和感に気がつく。

「そういえば君島、今朝地下水脈を歩いているとき槍《やり》は持っていたか？」

「あ、カバンの中に仕舞っていたんです。魔法の方に集中しようかと思って」

「カバンの中？　槍が？」

「あ、このカバンは魔法の道具なので、結構なんでも入るんですよ？」

俺は少し考えて、小太刀を腰から取りリュックの中に仕舞うことにした。ふむふむ、確かに普通に入ってしまう。魔法ってやつは滅茶苦茶《めちゃくちゃ》だな……。

夜通し鳴り響く滝の近くで、むしろその騒音が安心感を得られるのか。交代しながらではあったが二人とも割とよく寝られたと思う。狭い葉っぱのテントの中で、俺に寄りかかって眠る君島の寝息を聞きながら、昼間の事を少し思い起こす。

あの風を纏《まと》った居合。想像を絶する威力が有った。衝撃波が飛んでいったのか、滝壺の水が真っ二つになったのを思い出し、その威力はかなりの物だと感じていた。

あれをちゃんと打てるように成ればより強力な武器になる。問題は、現状練習をするにしても、魔力が足りていないということだ。……もう少し、魔力量をコントロール出来れば良いんだろうけどな。そんなことも考えてしまう。

君島《きみじま》も試し斬り用の瓜《うり》での練習を行い、中級のそこまで強くない魔物くらいなら斬れると言われたという。ギャッラルブルーには上級の魔物がひしめくといわれてきたが、正直何が上級かもわからない。もしかしたら君島でも斬れる魔物もいるのかもしれない。

ただ、だからといってトライさせるほど無謀にも成れない。命を賭けるようなものだ。賭けるなら俺の命だ。確か階梯《かいてい》も二つくらいは割と簡単に上がると言っていたな……。狩れる魔物がいれば狩って上げたほうが後々逃げるにも良いかもしれない……。

だんだんと空が白み始める。荒れていた天気も今日は晴れそうだ。

「ブルル」

滝壺の方で魔物の唸《うな》り声が聞こえる。

葉っぱをそっとかき分け、水を飲むカバの魔物を見つめる。……あれは昨日滝壺にやってきたカバだろうか。慎重に周りを確認するが一匹だけのようだ。

……どうする？　いけるか？

ドッドッドッ……。鼓動がテンポを上げていく。立て掛けてあった刀に手を伸ばした時、そっとその手が摑《つか》まれた。

「駄目……」

君島がささやくように言う。起きていたのか。……いや。起こしたのか。俺が振り返ると、君島は俺がやろうとしたことに気づいていたかのように首を横に振る。俺は悪いことをしようとして見つかったような、そんな気まずい気持ちでうなずいた。

寄りかかっていた左の腕に、君島の腕が巻き付く。まるで無茶をしようとする俺を止めるようにギュッと腕にしがみついてくる。

……そうだな。俺が失敗して死んだら、また君島が一人になってしまう。

日も完全に昇り、昨日と打って変わった青空の下、俺達はようやく出発した。

しばらくして振り返ると、滝の向こうに街の城壁のようなものが見える。地形から考えると川から東に向かって歩いていけば街から繋がる道にぶつかりそうな気がする。

俺達は少し方向を変え、藪《やぶ》をかき分けながら道を探すことにした。

川の周りは谷のようになっていて少し周りより低い土地になっているようだ。斜面を登りながら、藪の茂る道なき道を、小太刀をナタのように使いながら進む。祖父《じい》さんがこんなのを見たらメチャクチャ怒られるんだろうと思うが、仕方ない。

藪の中では魔物が何処《どこ》に居るかわからない。少し進むごとにそっと耳を立て、周りで魔物の物音がしないかを確認しながらゆっくりと進む。

「はぁ、はぁ……。それにしても人の手の入っていない山ってやつは……」

こんなふうに道を作りながらの登山などしたことがない。かなりキツイ。

「君島……大丈夫か？」

「はい、先生が道を開いてくれるので」

まあ、君島が楽ならそれで良《い》いか。

モンスターパレードはこの世界の歴史上何度も起こっている現象だ。その理由はきちんと解明されているわけではなく、その周囲の魔物のボスを怒らせたとか、呪われた遺跡を侵したとか色々と言われているが、このギャッラルブルー神殿でのモンスターパレードは過去に類のない規模だったという。一体何があったのだろう。

ここホジキン連邦は、幾つかの小国が他国からの侵略に対抗するために連邦として一つに纏《まと》まった国だという。小国は州と名前を変え現在六つの州で一つの国が成り立っている。

その為《ため》小国時代の名残で各州都に本神殿が設置されており、そのうちの一つデュラム州の州都がギャッラルブルーということであった。

「少し考えたんだが、出来れば二人とも階梯を上げられないかってな」

「階梯を、ですか？」

今朝は君島に止められたが、それでもやはりこの脱出劇をより安全にするには二人とも今よりもっと階梯を上げて強さのベースを上げることが大事だと考えていた。

「今の俺の魔力量だと、居合での抜刀も二発が限界だ。もし先日の街の中で囲まれたときのような状況になるとかなり厳しい。階梯を上げることで魔力量を増やせないかなって」

「……今朝も行こうとしてましたもんね」

「う……。少し焦ってはいるな」

「言いたいことはわかります。でも私じゃここの魔物を倒すことなんて出来ないから」

「もし……戦うことがあったら、何か攻撃をしてみてくれ。木の魔法でも水の魔法でも、経験値的な物が入るかもしれない」

「そう、ですね。……やってみます」

実際初めて戦ったあの巨人の時も君島はツタを這《は》わせて戦いには参加している。その後階梯が上がったのは俺だけだったが、もしかしたら経験値は入っているのかもしれない。

あくまでも予測だが、階梯による能力上昇が神からのギフトなら、あり得る話だ。

やがて上り坂も終わり、俺達は高台の平地に出た。

坂を上りきると目の前に長い壁が立ちふさがっていた。街の城壁のような高さがあるわけでは無いが、それでも安易に乗り越えられないようなそれなりの高さの壁が続いている。

壁はところどころ崩れて居たため、そっと壁に近づき中を覗《のぞ》く。

……中はかなり広い農地になっていた。魔物がはびこる場所なら農地にも壁を設けるのは当然なのだろう。そしてかなり荒れた状態ではあったが、元は農作物だったと思われる野生化した植物が数多く見られた。

そして、そういった作物を狙いに来ているのだろう。壁の中にはかなりの数の魔物の気配を感じる。君島も少し焦った顔で俺の方を向いて首を横に振る。当然だな。

上ってきた坂を少し下り、藪に身を隠しながらそのまま壁沿いに進むことにした。

……ん！

坂を下ろうとした時、下の方から一匹の魔物が上ってくるのに気がつく。今まで見たことのないやつだ。カエルのような顔で、大柄な大人くらいの体格。やはり二足歩行だ。

すぐ後ろには多くの魔物の居る農園の壁がある。どうする、行くしか無いか……。

「君島……」

「行きましょう！」

君島は答えながらもすでに木の魔法を発動し始めていた。ザワザワと葉が伸び始め俺達の姿を隠していく。俺は君島の決断の速さに舌を巻きつつ、ナタ代わりに使っていた小太刀を鞘《さや》に納め、太刀に手をやる。後ろでは君島も槍をカバンから出していた。

魔物は落ち葉や藪を気にせずまっすぐ上がってくる。やはり目的は壁の中の農作物なのだろう。……草食の魔物なら……。いや……甘い考えはしないことだ。

君島がぐっと魔物の方を向きながら何かを念じる。すると一つの水球が目の前に現れた。水の魔法か。攻撃を仕掛けるだけでも階梯の上がる経験値が得られれば良いのだが。

腰を落とし居合の構えを取りながら意識を集中させていく。そのまま右手に小石を持ち、君島の合図を待つ。コクリと君島が合図を出すのと同時に動き出す。

まず魔物の注意を逸《そ》らそうと、拾った石を俺達の反対側に向けて投げる。投げられた石は大きく弧を描き魔物を越え――。

げっ。マジか！

山なりに投げられた石が、シュッと消える。飛んでいる石を反射的に魔物が舌で搦《から》め捕ったのが何とか見えた。カエルはすぐにペッと石を吐き出し、こちらを向いた。

不味《まず》い。

葉っぱ越しに俺の姿が見えたのだろう、居合の構えを取る俺に向け、再び舌を伸ばすような初動を察知する。カエルの舌は秒速でキロ単位の速さじゃなかったか？　集中する意識の中でそれでも必死に舌の動きを見極めようとする。

君島に注意が行かないように地面を蹴り目隠しの葉っぱの無い右側に飛ぶ。魔物は確実に俺をとらえ舌を伸ばす。そのあまりの速さに俺は踏み込むことが出来ない。

とっさの抜刀。居合道の抜刀の種類は様々なものがあるが、基本的には想定する状況の量が技の種類に直結する。当然、虚を衝《つ》かれた場合の小手先の対処だってある。

伝手《つて》落とし。

後の先を取れぬ場合の合わせ技。対人では突かれる敵の剣を、抜き切らない刀の上を滑らせ、相手の剣が止まった瞬間に残りを抜刀し、剣を持つ腕を狙う。姑息《こそく》な技だが。とっさに俺が対処出来たのは奇跡に近い。

搦め捕ろうと伸びる舌を、横にずらすようにいなし、斬り上げる。

くっ！　とっさの抜刀で集中が足りなかったか。舌の半ばまでしか斬れない。だがカエルは顔をゆがめて痛がっている。間髪を入れず、カエルの脇から君島の水球がぶつかり、ガクンと首が一瞬折れる。

カエルの攻撃が止まった隙間で俺は再び刀を鞘に納めグッと集中をする。カエルはおそらく舌を斬った俺に怒りが集中しているのだろう。良い傾向だ。後ろから水球を撃った君島の方に目もくれず、俺の方を向いて水掻《みずか》きの付いた手を上に持ち上げた。

……げ。

たちまち手のひらの上に水球が出来上がる。やばいサイズだ。君島のと比べても数倍のサイズがある。武器を持つ人間相手は想定していても、魔法攻撃に対する技なんて無い。

ジリッと背筋に冷たいものが流れる。

魔法はかいくぐるべきか、それとも……。いずれにしても、半端《はんぱ》な魔力だったが一発は使っちまっている。次に斬らなければ……死ぬ。

魔法には魔法か？　くっそ。だがこんな処《ところ》でアレをやってまた気絶なんてしたら……。

チラッと君島を見ると、必死の形相で短槍《たんそう》を振りかぶり、カエルの腕目掛けて振り下ろそうとしていた。

タイミングもばっちりだ。申し分ない。助かる。

魔物が俺に向けて水球を放とうとした瞬間、君島の槍がその腕に当たる。ガツンッと硬質な音が魔力量の足りなさを感じさせる。だが、両手で思いっきり振る長物は斬れずともそれ相応の力が乗る。揺らされた手が水球のコントロールを乱した。

鯉口《こいぐち》を切り、すでに俺の心は鎮まり、明鏡止水の心の中。こんなタイミングを逃すことは無い。俺は一歩踏み込み、力の乗った抜刀を叩《たた》き込む。土を掻《か》き、爆発的に相手に迫真するそのスピードは、カエルの舌の速さにも負けない。その一瞬にすべてを集中させる抜刀は、たとえ上級の魔物であろうとも動くことかなわず両断する。

攻防の後、俺達は物音をさせたことに警戒をして速やかにその場から逃れる。

「はっはっ。どうだっ。階梯《かいてい》は？」

「えっ？　まだ、解《わか》らないですっ」

「そうかっ……。二発抜刀しちまった。しばらく撃てない……」

「解りました……。先生、そろそろ、スピード落としても」

気を付けては居ても、急げば急ぐほど物音は立つ。ある程度離れたところで再びスピードを緩めゆっくりと慎重な歩みにもどす。

あ……。前に進みながら再び、俺の体が発熱し熱く火照《ほて》りだすのを感じた。

「やっぱり止めを刺さないと駄目なのかもしれない。俺の方の階梯が上がったみたいだ」

「はぁ……。はぁ……」

「ん？　君島《きみじま》？」

君島の返事が無く振り向くと、真っ青な顔の君島がフラフラと付いてくる。なんだ？

今にも倒れそうな君島を支え、その場に座り込む。

「大丈夫か？　あの魔物にやられたのか？」

「大丈夫……です。でも……少し……休ませて……」

「あ、ああ……構わないから。そうだ、水……水を。カバンを開けるぞ？」

今にも意識を失いそうな君島を抱えながら側の木により掛かる。君島のカバンを開けると、君島が使っている水筒を取り出す。

「とりあえず飲め」

「ありがとう……ございます……意識が……無くなる……前に……」

水を飲ませようとするが、君島は目を閉じたまま探るように手を動かし、木に触る。しばらくすると木の枝などが伸びだし、柳のように俺達を覆うように隠す。……すごい。だんだん慣れてきているのか。だが、今の君島にあまり無理はさせたくない。

「もう良いから。あまり無理するな」

「はい……」

木のカモフラージュが終わると、水筒の蓋を開けて君島の口に当てる。しかし、君島はそれを飲むこと無く意識を失った。

……ど、どうなってるんだ？

貧血でも起きたのだろうか、こころなしか唇まで青い。手を持ち上げ爪を見るとやはり白くなっている。あまり体に触れないように服に血がついていないか確認するが、特にそんな跡は見られない。カエルの毒のようなものにでも中《あ》たったのだろうか。

俺はどうしていいか分からず、寒そうに小刻みに震える君島をギュッと抱きかかえる。

自分が体が火照ってしょうがない中、その熱が君島を温められたら……。

……。

三十分もすると俺の火照りはだいぶ引いてくる。だが、木のテントの中で君島はまだ静かに寝息をたてて寝ていた。まだ顔色は悪いが、先程よりは良くなってきただろうか。

自分の階梯が上がったと思われる現象を前にしても君島の体調不良で全く喜べない。

「がんばれよ……。絶対逃げ切ろうぜ……」

遠くの方で魔物の雄叫《おたけ》びが聞こえる。君島を抱える手にグッと力が入る。

……。

それから四時間は経《た》っただろうか。日はすでに頂点を越えている。まだ君島は寝たままだった。一体どうしたというんだ。悪いことばかり考えてしまい心が落ち着かない。

「ん……んん……」

「き、君島？」

「……あ……先生……ごめんなさい。水っ……」

「無理して話さなくていいから。水……飲むか？」

君島の水筒を取り出し、蓋を開ける。そっと口を近づけると一口二口、ゴクリと飲む。

顔色は見るからに良くなっている。俺はホッとしてようやく気持ちが緩む。

「ゆっくりでいいからな。これだけテントがしっかりあれば問題ないだろう」

「はい……」

水を飲むと少し楽になったのか、再び君島は目を閉じる。

次に目を開いたのはさらに一時間以上も経ってからだった。

「すみません……」

「何を言ってる。気にするな。無理もするな」

「でも、そろそろ大丈夫そうです……」

「そ、そうか？　うん、顔色もだいぶいいな」

「心配ばかりかけてしまって……」

「ううん。そんなの気にするな。そうだ。うん。どうやら俺はまた階梯が上がったようなんだ、もう少し俺の体の基本値が上がればもっと楽になるからなっ」

「階梯が？　先生早いですね」

「ああ。ちょっと待てよ……おう、順位も上がったぞ。ほれ……おお。九百八十万位まで来たぞ、桁も下がったぞ。うん。そうか、君島も九百万位台だったな、もうすぐ追いつきそうだぞ。ふふ……もう追いついていたりしてな」

訳も分からず不安な中、君島の調子が少し戻ったことでテンションも上がり、口数も多くなってしまう。俺の階梯が上がったとの話に君島も嬉《うれ》しそうな顔をする。

「ふふふ……。私の順位は……九百万台のもう少し若かったかもしれませんよ。どのくらいでしたっけ……」

君島も軽口を叩きながら体を起こし自分の神民録《しんみんろく》を確認する。

「あれ……？」

「ん？　どうした？」

「えっと。なんか……。ごめんなさい……」

「え？　お、おい。どうしたんだ？」

「この体調不良……私も階梯が上がったみたいなんです」

「え？　そ、そうなのか？　いや。別に謝らなくても……」

「……百五十万位くらいまで上がってました」

「え？　……まじ？」

……うん。この世界の規格だと、若者はそうなんだよな。……でもやっぱりちょっと恥ずかしい。精霊の差でここまでランキングが違うのか。結構堪《こた》える。

しかも一つ階梯が上がった君島のランキングは、どう悩んでも俺が二つ三つ上げないと届かないんじゃないか？　……次に上がるのはいつになるのだろうか。

長時間が潰れたが早朝から動き始めているのでまだ日が沈むには時間がある。しばらくすると君島も動けるというので、動き始める。なるべく農場から遠ざかるのが良《い》いだろう。

「先生……。怒ってます？」

「ん？　いや、全然怒ってないぞ」

「……そうですか？」

「……おう」

ショックはあったが怒ってはいない。君島も階梯が上がったことでより逃げ切りやすくなるんだ。喜びはしても怒りはしないだろう。うん。ショックが無いわけじゃないがな。

「……やっぱり、怒ってます？」

「え？　怒ってないって……俺を怒らせたら大したものだぞ？」

「ふふふ……」

う……。そんなショックを受けた顔をしていたのか？　気を付けないとな。

「……先生が刀を抜く時」

「ん？」

「まったく見えないんです」

「え？」

「本当に、速くて。一瞬先生の姿がブレると……魔物が斬れているんです」

「そ、そんなか？」

ん？　実際スピードを意識して抜刀はしているが……。見えない、のか？

「はい。先生きっと、あの抜く一瞬に色々なものが、集中しているんですよね」

「そ、そうなん、だろうけど……」

「フィジカルとか、魔力とか、階梯が上がっても私達より低くても……それだけ凝縮して使えるなら……きっと私達の上がり方より、もっとずっと……強くなってる」

「ずっと……？」

「そう思いますよっ！」

なんとなく君島に気を遣わせてしまったのだろうか。生徒に気を遣わせてしまう自分の情けなさになんとも言えない恥ずかしさが重ね塗りされていく。

「ところで、階梯が上がって、何かが変わったか？」

「うーん。まだよくわからないですが、魔力の容量？　は多くなったのですかね」

「君島の守護の精霊ってどういうやつなんだ？」

「私のは……」

君島の精霊はセフィロトという樹木の大精霊だ。この世界の精霊は十二階の位階で区別されている。『神』の守護を得たというフェールラーベンによる位階付けだ。

堂本《どうもと》が得た聖極《せいきょく》と呼ばれる精霊は精霊位一位、池田《いけだ》、桜木《さくらぎ》が得た聖戴《せいだい》と呼ばれる精霊が二位、その後三位から五位までが上位精霊もしくは大精霊、六位から八位が中位精霊、九位から十一位が下位精霊、十二位が然《ぜん》の精霊と呼ばれ、神の子フェールラーベンが生前に整理しきれなかった精霊や、その後見つかった精霊などが含まれる。

「五位か……すごいな」

「でも戦闘力が強くなる精霊とかと違うので、堂本君や池田君と比べれば……」

「木の魔法のおかげで俺達は生き残っている。充分じゃないか？」

「……そう、ですね」

時々少し斜面を上り農場周りの壁などを確認する。農場は予想以上に大きい。数キロに及ぶ壁が終わると今度は農場の門から延びた道が森の中に続いているのが見えた。

人間の生活圏という話があったが、この農場の外壁などを見る限り、魔物の生活圏内の中に無理やり人の生活空間を作ったような状態に思える。五十年の間にだいぶ森が侵食はしていたが、その境は見てわかる。俺達は道がある場所を目指すことにした。

だが、斜面沿いに藪《やぶ》の中を道に向かって歩いていると、道の方に何かが動いているのが見えた。農場を目指す魔物のようだ。

「居るな……。仕方ない、迂回《うかい》するか」

少しずつ夜に寝る場所などの事も考えなければならない時間だ。そっと魔物から遠ざかるように歩きながら自分の残りの魔力を探る……少し容量は増えているのだろう、それなりには回復もしている。だが、複数抜刀出来るようになると、今度はいざという時のために一発は打てるように、そう節約する思考に変わってくる。

魔物の影を避け、ある程度進んだところでようやく道に出た。ここもアスファルトのような材料が敷かれ、はっきりと道の跡が残っている。

結構進めただろうか、だんだん日が傾き始める。野営の場所を探し始めた頃、道に不思議な構造物を見つけた。小屋の様な形で、周りには太めの石柱が円心状に並んでいる。

「これは……何かの魔法の？」

そっと中の様子を窺《うかが》うが特に何かがいる感じではない。小屋はツタで完全に覆われ、中の方にも多少雑草は見えたが、そこまでの状態では無さそうだ。

「避難小屋……ですか？」

「そんな感じがするな。石柱の配置を見ると人間は通れるが大型の魔物は通れなそうだ」

「ここで一晩休みます？」

「そう、だな。寝てる間に襲われてもここなら良いかもしれない」

小屋の周りをグルっと一周しながら周りの様子を確認していると、「キャッ」と先に小屋の中に入った君島《きみじま》の小さな悲鳴が聞こえた。

「どうしたっ！」

慌てて小屋の中に入ると、君島が壁の一方を見て佇《たたず》んでいる。

「先生……」

君島の視線の先には二つの朽ち果てた人骨が並んで壁に寄りかかっていた。

「……逃げてきて……囲まれたのか」

状況は分からないが怪我《けが》を負っていたのかもしれない。何《いず》れにしても周りを魔物に囲まれて動けないまま亡《な》くなったのだろう。君島は人の遺体を目の前にしてショックを受けているようで、呆然《ぼうぜん》と言葉をなくしたまま立ち尽くしていた。

「ここは……やめておくか……」

「……いえ。ここでこうして亡くなってるの……ここが安全だったから、ですよね？」

「……そうだな」

強い子だ。いや、強くならざるを得ないということか。生きるためには遺体と寝るくらいの覚悟は必要だということを理解しているのだろう。

君島が寝る場所を作ってくれている間に、少し死体を検分する。見ると骨の大きさがだいぶ違うから親子なのだろうか、それとも男女のカップルだったりするのか。

小柄な骨の胸のあたりにはルビーの様な大きめの宝石の嵌《は》められたネックレスが引っかかっていた。それを見てふと気になって二人の下を調べる。やはり宝石が付いた指輪と金属だけの指輪、それとピアスの様なものが落ちていた。男の骨の方にも銀細工の腕輪のようなものが落ちている。肉が朽ちて引っかかりの無くなった装飾品が落ちたのだろう。

横に立てかけられた槍《やり》は木の柄がすでに朽ちていた。

少し悩んだが、槍の穂先は片刃で、薙刀《なぎなた》の刃のように思える。少し錆《さび》もありよくわからないが、物が良いなら君島が柄をつけて使えるかもしれない。そう思い手に取る。ボロボロになった柄は引っ張ると簡単に取れた。

「それ、持っていくんですか？」

「ああ、もしかしたら良いものかもしれない。薙刀を使う君島に……あ、嫌か？」

「え？　いや。大丈夫です。その装飾品も？」

「ああ、よくは分からないが、貴重なものかもしれない」

「そうですね……あ、魔法の世界だと希少な魔道具だったりもあるかもしれませんしね」

「魔道具？　なるほど。いや、売れば何かの足しになるかもくらいだったが」

「ふふふ」

はじめに死骸を見たときはだいぶ驚いていたが、君島もたくましくなってきたな。そして俺達は死骸の向かい側の壁の周りをキレイにし、そこで一夜を明かすことにした。

第六章　もうじき。

――ホジキン連邦　スペルト州都

ギャッラルブルー神殿のあったデュラム州に一番近い神殿ということで、仁科鷹斗《にしなたかと》と桜木美希《みき》は同じホジキン連邦のスペルト州都にあるカプト神殿へと転移をした。

「ようこそスペルト州へ」

神殿の受け入れ陣のある部屋に飛ぶとすぐに神官達がやってきて迎え入れてくれる。そのまま豪勢な応接室へと案内された。

「この神殿に聖戴の守護を持つ方を迎えられるとは光栄でございます」

仁科は、なるほど宗教関係者ならそういうところで特別扱いも在るのかと納得する。桜木の守護精霊は精霊位二位『聖戴』であった。

だが仁科のノットという守護精霊も桜木の精霊より下がるがそれでも四位だ。この精霊の守護を得た者は回復系の魔法に優れるという。この世界では、回復系の使い手はどこへ行っても優遇されるという。仁科も同じように充分に歓待される。

「すみません。私達は……こちらの国に所属するためにここを選んだのでは無いんです」

「え？　……それは、冒険者などですか？」

興奮気味で二人を迎えた神官は、仁科の答えに困惑気味に聞き返してきた。二人は天空神殿で起こった話をし、そこに飛ばされた仲間を助けに行きたい事を伝えた。

「ギャッラルブルー神殿……ですか？　いや……しかしそれは……」

ギャッラルブルーの名前を聞いて神官も言いよどむ。二人は冒険者ギルドで募集をかけられるか、などを聞くが、どれもいい返事には程遠い物が返ってくる。

やがて神官は二人に少し休まれるようにと言うと部屋から出ていく。

「鷹斗君……ありがとうね」

「ん？　何が？」

「だって……私一人だったら、どうして良《い》いか分からなかったと思うし」

「うーん。まあ。俺だって楠木《くすのき》先生は担任の先生なんだ。放っておけないのは一緒だよ」

「うん……」

「きっとすぐには動けない。だけど焦《あせ》らず行こう。俺、先生はなんとなくやれる人だと思うんだ。居合だって、自分の家に伝わる家伝の流派を習っていたっていうんだぜ。一子相

伝ってやつなんだ。きっと、なんとかしてくれるって」

「うん……君島先輩だって、大会じゃ負けたけどあれ、絶対判定おかしいと思うのっ！

それで相手は優勝でしょ？　堂本先輩みたいに絶対強いんだからっ！」

「そうだな……俺達は俺達で出来ることを考えよう」

「うん！」


その後地図を持ってきた神官から説明を受ける。

五十年前のモンスターパレードでデュラム州の大部分が失われた。現在では、数個の街や村だけが残っている状態であった。そして領土奪還に関しては、魔物の強さがここ十年程で徐々に落ち、奪還される村や街も出ているようだ。

「最近奪還されたドゥードゥルバレーがギャッラルブルーに一番近い村になります」

ドゥードゥルバレーはギャッラルブルーから流れて来る川の下流に位置する街だった。

領土奪還の前線基地にもなっており、ここを中心に道の整備なども行われているという。

ここカプトの街からはそれでも数日の距離があるという。

神官の説明が終わる頃に一人の武人が、二人の前に案内されてきた。

「彼は連邦軍のディグリー将軍です。スペルト州の駐在軍の責任者でございます」

「連邦軍の？　ディグリー将軍……様、ですか」

「ディグリーで構わない。打診に応えてくれたのかと思ったが、違ったようだね」

「は、はい……。申し訳有りません」

「いや、一緒にこの世界に来た仲間が魔物の巣窟《そうくつ》に飛ばされたんだ、当然だろう」

おそらく二人がこの神殿に転移してきて、神官の誰かが将軍に伝えたのだろう。将軍自ら来てみれば二人は国には所属するつもりがないという。不機嫌になってもおかしくない状態なのに、ディグリーはそんな素振りを全く見せない。

「流石《さすが》に転移者二人だけのために多くの犠牲を払って軍を動かすというのは無理だな」

「例えば、その後僕と桜木《さくらぎ》の二人が連邦軍に入るという約束をしたとすれば……」

「それでも無理だ。君達二人の人材としての可能性は認めるが、それ以上に我々の兵士の死傷者が出てしまうだろう。それに話を聞く限り現地に飛ばされた二人はまだ階梯《かいてい》も上がっていない。とてもじゃないがあの地で何日も生き延びられるとは考えにくい」

「大丈夫です。君島先輩は生きています！」

話に桜木が思わず口を挟む。将軍はそんな桜木を悲しそうな顔で見つめる。

「この五十年我々も何もしなかったわけじゃないんだ。デュラム州の土地だって少しだが取り返してはいる。だが、ある程度深部に行くと、まだまだ魔物の強さは高いままだ」

「それが上級クラスの魔物だと」

「そうだ、当初の要人の救出作戦では一個師団が現地に向かい全滅をしている」

「そんなに……」

「それほどなんだ、上級クラスの魔物というのは」

ディグリー将軍はそのいかつい見た目とは裏腹に丁寧に説明をしてくれる。

「桜木……大丈夫か？」

「う、うん……」

二人共救出の難しさを実感する。だがここで諦めるわけにはいかなかった。

「誰も助けてくれなくたって……私達で出来る限り……ほら、階梯を上げながら」

「そうだね、とりあえずドゥードゥルバレーまで行ってみよう」

そんな二人の話を聞いていたディグリー将軍は困ったようにため息をつく。

「……良いか、悪いことは言わん。決して二人で階梯を上げようとか考えるのはやめるんだ。君達のように力のある精霊の守護を貰《もら》った人間は、階梯が上がる際の能力の上がり方も大きいんだ。それこそ半日近く意識を失うようなことだってある」

「意識を……？」

「そうだ、二人ともまだ階梯は上がっていないんだろ？　聞いていると思うが初めの一つ二つは割と上がりやすいんだ。その中で下手に二人同時に上がりでもしてみろ。二人して意識を失っている間に魔物に食われることになる」

「そんな……」

驚く二人の反応を見てディグリーは頭を掻《か》きながら顔をしかめる。

「本当にそのつもりだったのか……。仕方ない。あまり勧めるつもりは無かったが……」

そう言うとディグリーは手紙を書きたいと神官に紙とペンを持ってくるように頼む。

「デュラム州軍を紹介しよう」

「州軍……ですか？」

「ああ……デュラム州自体はほとんど形骸化しちまってるがな」

「それでも、軍はあるんですか？」

「軍といっていいか……。あいつらは、少しでも魔物を間引こうと日々森に入り魔物を狩り続けてる。ほとんどパルチザンみたいな連中だ。軍隊のように正規に訓練をしているわけでもない。開拓地の冒険者に近いと思った方が良い」

「その……デュラム州軍なら？」

「わからん。だが、現地で君達が強くなりたいなら手を貸してくれるだろう。デュラム州の地形にも詳しいから近くまで行くようなルートも持ってるかもしれない」

仁科は話を聞いて、確かに現地の人を紹介してもらった方がより現実的だと考える。

「桜木……どう思う？」

「良い話だと思う、鷹斗君が良いと思うなら……」

「今のところ、一番現実的な路線じゃないか？」

二人の気持ちを聞いたディグリーは州軍への紹介状をしたためる。

「だが……君達の思うようにいくかはわからないぞ。奴《やつ》らは正規の兵というより、遺児達が復讐《ふくしゅう》のために集まってるような感じなんだ」

「はい」

「うん……街までは連邦軍の魔動車を出そう」

「え？」

「急ぐんだろ、乗り合いの馬車なんてそうそういいタイミングであるもんでもないしな」

「ありがとうございます！」

ディグリーは、話が決まると二人にここで待つように言い、部屋から出ていく。二人が応接室で待っていると、神官の人達が「道中にどうぞ」とお弁当を持ってきてくれる。

「何から何までありがとうございます」

「いえ、全てうまく行きますように。私どもも神にお祈りいたします。どうかご無事で」

こんな手厚くしてもらえていることに感激した二人は、しきりに礼をする。やがて魔動車がやってくると、神官達に見送られ、二人は魔動車に乗り込んだ。

魔動車というのは魔法の回路で作られたエンジンで走る車だ。見た目は昔の蒸気自動車の様なだいぶクラシカルな形をしている。そして軍人の運転手が一人乗っていて、二人をデュラム州まで連れていってくれるようだ。

神殿から出た二人は、初めてこの世界の街を目の当《ま》たりにする。

仁科はこの世界の風景を中世的な世界だろうと想像していたが、そのイメージとは少し違った。道路はアスファルトで舗装してあり、建物の壁面はレンガもあるが、コンクリートの様な素材もある。それでいて建物のデザインは、どことなく中世感もあり、だいぶちぐはぐに感じる。時代的には産業革命などのような時代に近いのかもしれない。

仁科も桜木も、魔動車の窓からその不思議な光景に釘付《くぎづ》けになっていた。

「お嬢ちゃん達、それじゃあ出発するぜい。そこのバーにちゃんと摑《つか》まってな」

「あ、はい」

運転手が後ろを向いて話しかけてくる。魔動車の人が乗る場所は馬車のように向かい合って四人ほど座れるようになっている。そこに前を向いて二人で並んで座った。状況はそこまで芳《かんば》しくは無いが、これだけ周りの人達に手伝ってもらえている。二人は少しだけポジティブな気持ちで街を出発した。


出発した当初、俺達はドゥードゥルバレーに向かっているものだと思っていたが、どうやら違うらしい。もう少し手前に、デュラム州の残された都市の中では最大規模のヴァーヅルという街があるといい、そこにデュラム州軍の本部があるという。

最大規模といっても今回俺達が来たスペルト州都と比べればだいぶ小規模だが、モンスターが迫り最後に人々が立てこもり守りきった象徴的な街ということだった。

「ピークスさん！　あとどのくらいで着きそうです？」

「ん～？　あ～。まあ明日の昼くらいかねい。あっという間さあ」

「え？　明日？」

「そりゃ州越えるからねえ、そんな近くじゃねえさあ」

「そうなんですね……あの出来ればお昼とかどこかで休めますか？」

「良いぜい。腹だって減るよなっ！　はっはっはっ」

豪快だ。それでいて屈託のない付き合いやすそうな人だ。車内はかなり揺れるため、昼飯を食べるために、良さそうな場所で止まってくれることになった。

魔動車のスピードは、せいぜい五十キロ前後といった感じだろうか。スペルトの街を抜けるとそのまま道沿いに草原の中にある道を進んでいく。

「もし魔物が出てきたら、魔法でもぶっ放してくれやい」

「え？　魔物が出るんですか？」

「まあ、多くは無いがねえ、たまにここら辺でも出ることはあるぜい」

確かに街が城壁に覆われていたことを考えると、近隣にも魔物が居るのかもしれない。

「魔法ぶっ放すって言っても、俺は無理だしなあ。桜木よろしくな」

「え？　私が？」

「だって、桜木の精霊って魔法特化だろ？」

「ん、まあ、そうだね、でも鷹斗《たかと》君だって魔法特化でしょ？」

「俺は優しい癒《いや》し系魔法の人だからさ。攻撃魔法はちょっと無理だな」

「ぶー。なんか私やばい感じじゃん」

「やばくないさ、期待してるんだよ」

桜木を守護するルキアは光の属性の魔法を司《つかさど》る精霊だという。そして桜木は光魔法に優れた適性を持ち、シャイニングアローと呼ばれる、光の矢を放つ魔法を使える。

異界スキルで「剣道」を持つ仁科《にしな》と比べ、高校に入って剣道を習い始めたばかりの桜木は異界スキルを持っていない。仁科は、おそらく自分が桜木と一緒に戦うとしたら、自然と前衛を仁科が務めることになりそうだと感じていた。

――いやでも、回復職だよなあ。俺。

なんとなく自分の中途半端《ちゅうとはんぱ》さに悩む仁科であった。


魔物の出現に緊張してはいたが、特に何もなく街道を進み、魔動車は村に入っていく。道中にもすれ違ったが基本的にこの世界の移動はまだ魔獣車などが多い。馬では無く魔物の獣が荷車を牽《ひ》いているのだ。

村に入るとすぐに馬車や騎獣用のスペースがあり、そこに適当に車を突っ込む。

「じゃ、ここで休むかねい」

「あ、はい。あれ。ピークスさんはお昼は……」

「村の食堂でもよるわい。兄ちゃん達は弁当貰ってたろ？　車の中ででも食ってろい」

「ありがとうございます」

そう言うとピークスは村の中に入っていく。なんか買い物に行きたければ行って来いとも言われる。食事が終わると村の中を二人で少し歩いてみることにする。

「先生を助けるためにって状態で不謹慎かもしれないけどさ……」

「うん……たぶん言いたいこと解《わか》る」

「ちょっとワクワクしちゃうな」

見たこともない世界に見たこともない村。チラッと見たスペルトの州都と比べると規模も小さいが、色んな人種の混在する奇妙な世界に、二人共に心が高揚していた。

天空神殿のミレーさんは耳がぴょんと長くて、生徒達は「エルフだ！」と騒いでいたが、ファンタジーで見るようなエルフとは違うらしい。地球以外の「エルヴィス」という世界からの転移者の血が濃く流れていると言っていた。

巨人のような大柄な人種や、人間にそっくりな人種、ビール樽《だる》みたいな体型の人種。色々な世界から転移者が来ると聞いていたが実際に行きかう人々を二人は不思議そうに見ていた。

桜木《さくらぎ》はドライフルーツの様な物が並ぶ露店で、おやつを購入した。それから二人共、村に唯一あった雑貨屋で座布団《ざぶとん》を購入した。

魔動車は日本で乗る車とは違いかなり揺れる。そして椅子も気持ち固めでピークスが運転席に座布団を敷いていたのを見て自分達も、というわけだ。寄ったのはそれだけだったが、だいぶ気分転換にはなっていた。

車に戻るとすでにピークスは戻っていた。

「すみません、お待たせしました」

「良《い》いよ良いよ。お、ぶっはっは。クッション買ったねい」

「ははは」

二人が乗り込むとすぐに出発する。

その後魔動車は走り続け、日が暮れる前に寄った村で一泊する。小さい村で宿のない村では村の教会で雑魚寝《ざこね》のように泊まらせてもらえる。

翌日早くに出た魔動車は、昼頃にようやくヴァーヅルに到着した。

ヴァーヅルは見るからに要塞都市といった街で、ここまで通ってきた村と明らかに様相が違う。街に着くと車を降り、ピークスの案内で二人は歩いて州軍の本部まで向かう。

「ここだい」

そこは城壁に組み込まれるように、壁際《かべぎわ》に建てられた武骨な建物だった。入り口の上には大きな木の板が張られており『祖国の地を魔物の血で染めろ』と殴り書きがされている。

ピークスがドアをノックすると、髭面《ひげづら》の背の低いおじさんがにゅっと顔を出す。

「ん？　なんだ？」

「連邦軍のピークスだい。新しい転移者を連れてきたんだ。将軍はいるか？」

「転移者だと？　……ガキじゃねえか、使えるのか？」

髭《ひげ》もじゃのおじさんが胡散臭《うさんくさ》そうな目で俺達を見る。

「聖戴《せいだい》だぞ？　使えるどころじゃねえだろい」

「は？　せ、聖戴？　そりゃ……なんでまたこんなところに」

「良いから将軍呼べよい。話はそこからだい」

慌てたように中に入っていったおじさんはすぐに戻ってきて三人を中に招き入れる。

建物の中は飾り気の無いシンプルな作りになっており、三人は食堂だと思われる広い一室に通され、椅子に座って待つように言われる。奥のテーブルでは食事をしている兵士のような男達が、三人を見て、興味津々《きょうみしんしん》で視線を向けていた。

しばらくすると数人の部下を引き連れ真っ赤な髪の女性が入って来る。三十歳くらいだろうか、武人のようなオーラを身に纏《まと》い、歴戦の戦士の風格を漂わす。

「聖戴ってのはどっちだい？」

女性は挨拶もせずにつかつかと俺達の目の前にやってきて聞く。

「わ、私です……」

「ふうん。で、名前は？」

「あ、桜木美希《みき》です」

「ん？　あんたの名前じゃないよ、精霊の名さ」

「あ、す、すみません。ルキア、です」

「ふむ、ルキア……光……だったか？」

　戦場で戦う女性というやつなのだろうか。ぶっきらぼうに要点だけを聞いてくる。余計な事を言うなと言わんばかりのギラギラとした雰囲気を感じ、二人は圧倒されていた。

　女性は桜木の精霊の話を聞くと少し考え込み、今度は俺の方を向く。

「で、あんたは？」

「え？　あ、はい。ノット、です」

「ノット？　ん。知らないね。どんな精霊だい？」

「はい、回復魔法の精霊みたいです」

「ほう……そりゃいいね。精霊の位階は？」

「四位と聞いています」

「おおう、上位精霊じゃないか。二人とも大したもんだね」

「あ、ありがとうございます」

「で、なんの用だ？」

「え……」

女性はまるで二人を詐欺師かなにかの様にジロリと睨《にら》みつける。仁科が慌ててカバンからディグリー将軍の手紙を取り出し渡す。女性はしばらくそれを眺めていたがひったくるように受け取ると、ビリビリと封を開け手紙に目を通していく。

「……これは本物か？」

「まぎれもなくディグリー将軍の手紙だよい」

「あんたは？」

「連邦軍のピークスだい。ここまでこの子達を連れてきた」

「解った、この子達はあたしが預かるよ、帰っていい」

「おいおい、大丈夫なのかい？ ちゃんと――」

「ディグリーに言われれば従うしか無いだろ？ このあたしに任せておけば問題ない」

「……解った。赤鬼が言うんだ――」

「おい。もう一度それを言ってみな。ぶん殴るぞ」

「お、おう」

赤鬼とは女性の事だろうか。確かに見れば真っ赤な髪である。……それに怖そうだ。

ピークスはおどけたように笑いを浮かべ立ち上がる。

「じゃあ、お嬢ちゃんも兄ちゃんも頑張れや、俺は行くからな」

「あ、はい、ありがとうございます」

「ピークスさん、ありがとうございました」

「おう、まずは死なない事だけを考えろよい」

ピークスはそれだけ言うと、部屋から出ていく。赤鬼と呼ばれた女性はピークスの方をチラリとも見ずに俺達の前の椅子にドカッと座る。

「ギャッラルブルー神殿ねえ……」

女性はそう呟《つぶや》くと胸ポケットから一枚の地図を取り出して広げた。どうやらデュラム州の地図の様でさらに手書きで色んな文字が書き込んであった。それを開きながら何かを思い出したように顔を隣にいた部下に向ける。

「そういや、カートン一派がドゥードゥルバレーに来てなかったか？」

「確かに階梯《かいてい》上げにってやって来てますが、話なんて通じる連中じゃねえっすよ」

「まあ、そうだな。あいつらに人道的な話なんて無理か……」

二人はただ黙って聞いているだけだ。当然カートンという名前を聞いても何のことか分からない。女性はその言葉のやり取りでその話はもう無かったように地図に目を戻す。

「ここが、ギャッラルブルーだ。そしてここがヴァーヅルだ」

女性が唐突に地図を指さしながら話し始める。

「今はこのドゥードゥルバレーまで解放されている。ここから騎獣で三日だな」

「はあ」

「お前さん達も地図を渡されてるんだろ？」

「あ、はい。でも僕らが貰ったのは世界地図であまり詳細には載ってないんです」

「見せてみな」

仁科が言われるままに地図を見せる。

「ふん。適当な地図だなあ。でもまあ、ほれ。この地図にもある川がここの川だ」

確かに言われるように世界地図の方にも川の筋は描かれている。その川はギャッラルブルーの街からずっとデュラム州の真ん中を通って流れていた。

「馬鹿じゃなけりゃだが……。逃げてくるとしたらこの川沿いの街道だな」

「川……ですか？」

「この地図じゃ街までの道しるべになるのは川しかない。道にはいくつか分かれ道があるが、普通ならこの川沿いの道を選ぶだろう」

「川沿い……」

「で、この川に沿った街道の先に、このドゥードゥルバレーがある」

「……二人とも逃げてこられると？」

「ん？　お前らは信じているんだろ？」

「は、はい」

「あたしらだって、自分達の国が取り戻せると信じてる。夢物語と言われてもな」

「……」

「可能性は低いが、信じられるうちはやってみな。手伝うだけ手伝う」

「あ、ありがとうございます」

「ただし、それが終わったらお前らの力をあたし達に貸す。良いな？」

「はい！　よろしくお願いします。あの……お名前を伺っても？」

「あん？　言ってなかったかい？　カミラだ。よろしくな」

　話が終わると部下に飯を用意するように言う。カミラも部下と思われる兵士達も皆ここの食堂で食事を摂《と》る。ぶっきらぼうだが、きっちりした軍隊よりこういう感じのほうが居心地がいいのかもしれない。仁科《にしな》はそう感じていた。

食事をしながら、まずは俺達の階梯を上げる話をする。そこら辺は新兵の教育要綱があるからそれでやると言われた。すぐにでも助けに行きたいが、助ける前に自分が死んでは元も子も無い。

鎧《よろい》などは倉庫に適当に積んであるから選べと言われる。亡《な》くなった兵達の残したものだ、そう言われて二人共一瞬躊躇《ちゅうちょ》するが、すぐに選び始める。日本のようにきれいな服ばかり着ていられる世界でも身分でも無い。そう分かっていた。

階梯を二つ上げるまではヴァーヅル近郊の比較的低級の魔物から始める。

すぐに動けないジレンマの中、二人は出来ることを始めるしか無かった。

第七章　天堕《お》ち

避難小屋での朝。固まった体をストレッチをしてほぐす。

昨夜、君島《きみじま》が言った「魔道具かもしれない」、その言葉が引っかかり、リュックに入っていた腕輪を取り出す。こいつは横の大柄な骨の下にあった。槍《やり》で攻撃する人間ならそういうフィジカルな部分を底上げしてくれるような効果があるかもしれない。

腕輪を見つめて悩んでいると、君島が近づいてくる。

「着けてみるんですか？」

「どうかな……危険かな」

「こうして戦っていた人が着けていたんです。マイナスではないと思うんですが」

「そうだな。……着けてみるか」

腕輪は金属系の腕時計のバンドの様にパチリと開くようになっていた。留め金を開けて腕を通して再び留め金を留める。パチリという音と共に腕輪がしまる。サイズ感はやや緩めかもしれないが落ちる感じではない。問題ないだろう。

「……どうです？　なんか力が漲《みなぎ》るとか……」

「うーん。今のところは無いな。まあ、単なる宝飾品って事もあり得るしな……どうだ？

君島も試してみるか？」

「え、私ですか？」

「このネックレスとかはどうだ？」

「うーん。逃げ回るときに邪魔そうかなあ……この指輪は……あれ？」

君島が指輪を見ていると、何かに気が付いたようだ。俺の左手を取り腕輪と比べる。

「ん？　どうした？」

「この指輪……先生の着けた腕輪にデザインが似ていません？」

「ん～……確かに、同じ紋章が刻まれてるな……似たような効果なのかな」

「……着けてみますね」

君島は指輪のサイズを見て合いそうだと思ったのか右手の薬指にすっと嵌《は》める。

「……やっぱり、あまり変化は無さそうですね」

「そうか……。まあ、外すか……」

効果も無さそうだということで腕輪を外そうとすると、君島が止める。

「あっ、でも着けていると何か効果が出るかもしれませんし。私もしばらく着けてみます」

「お。そうか？」

「はい……」

まあ、そんなに邪魔になるわけじゃないし良《い》いか。

少し宝飾品をいただく罪悪感が無いわけじゃないが。俺達は二つの遺体に手を合わせる。

君島が外で花の咲いた植物を集め、形だけでもとお供えもした。

俺達は再び道を真っすぐ進んでいく。まあ道を進むしか無いわけだが……昨日君島と俺の階梯が上がった事もあり、魔物が一匹の場合は戦って行こうという話になる。階梯を上げるという希望も有ったが、現状俺が何回抜刀出来るかを知ることも大事だった。

だが、思い通りに行かないのが世の常だ。しばらく歩いていると、どうも気持ちが悪い。

なんだ？　嫌な予感がする。

なにかに見られているようなゾクゾクと毛が逆立つ様な感覚に反射的に左手を刀に向ける。ふと君島を見れば、同じ様に緊張した面持ちをしている。

「感じるか？」

「はい。……なんか、嫌な感じが……」

君島も何かを感じるのか少しソワソワしていた。

立ち止まって周りを見渡すがそれらしき音もしない。……気のせいなのか？

そういえば。居合の構えを取れば、感覚も集中させられるのか？

そう思い、左手で刀を握り親指を鍔《つば》に当てる。右手をそっと柄に触れさせ呼吸を刀に同調させていく。気持ちを集中させ、体の重心を重力と同調させていく。同時に意識は広く波紋が広がるように。………………！

「君島っ！」

囲まれている。三匹、いや四匹か。獲物を狩るため、そっと忍び寄る影があった。連携して狩りをするのか四方を塞ぐようにそれは居た……逃げ道は……当然無い。

「囲まれている！　やるぞ」

「はい！」

確実に抜刀出来るのは二回。二度目の階梯の上昇で、三回は出来ると願いたいが、それでも足りない。くっそ。タイミングを合わせ同時か？　それか、一度の抜刀で二度の？

……もしかしてあれなら。

俺達の警戒を感じ取ったのか、魔物の影の動きが少し大胆に変わる。近いのは右、次が後ろか……。

「俺の左に」

君島に鋭くささやくと君島はすぐに反応する。

「先に来そうな右と後ろを同時に対応する。前と左のが来たら木魔法で妨害出来るか？」

「やります……網みたいに……ですね」

「網か、良いな」

そう返すと君島は屈《かが》んで手をつく。俺は魔物を誘うようにジリっと右後ろに下がる。それに合わせて右手の魔物が俺めがけて突っ込んできた。寸刻遅れで後ろの一体も脚を速め、やってくる。

一息だ。魔力を切らさぬよう、一度の抜刀で纏《まと》う魔力を二匹目に持ち越す。

グッと親指で鍔を押しながら体を回転させ、右手から襲い掛かる魔物の正面に入るように抜く。そこでようやく魔物の姿を目にする。狼《おおかみ》の魔物だろうか、体も異様にでかい。

魔物と正対した時には既に抜き終わっている。むき出しになった牙に筋が入り顔がずれていく。そのまま俺は止まらず、蹴り足で方向を変えつつ右足を大きく右に開く。抜いた刃は流れるように、体の動きと腕の動きが連動し、長く斬撃を延ばす。最後は後ろから襲いかかる魔物の右に抜けながら、刃を通す。

小さい頃は刃に振り回され苦手な技だった。自分の円周をただ刃が回るだけじゃなく体捌《さば》きを交え刃に力を乗せ続ける広範囲にわたる斬撃だ。多方向からの敵襲を想定した抜き技。

菊水景光流《きくすいけいこうりゅう》居合術。五山《ござん》。


二匹を斬り終え、間延びする時間軸の間で俺は十分な魔力量を確認する。同時に君島がいる左に意識を流しながら、血を払い、刀を鞘《さや》に納める。

数秒のタイムラグで飛びかかる二体の狼が網のように張るツタにその勢いを殺される。うまい。ブチブチと枝葉を引きちぎりながら迫る一匹に、君島の槍が振り下ろされる。

ギャンッ！

まだ斬れないか。それでも多少は効いたのか狼が一瞬止まる。その横ではすでにもう一匹が君島に飛びかかっていた。

慌てて君島の前に出ようとした時、槍の柄が唸《うな》りを上げて振り上げられた。ゴンッという鈍い音がして、後続の狼の顎が跳ね上がる。そうか。薙刀《なぎなた》の戦いは刃も石突も武器となり、多角的な戦いが出来る。やるもんだな、薙刀。

ほんの一瞬。その一瞬が絶妙なタイミングを演出する。

先に君島に斬りつけられた魔物と石突で殴られた魔物が首を並べる。

君島がスッと下がるのに合わせ、鯉口《こいぐち》を切り柄に手をかけながら左手から前に出る。

狼のギラつく牙がゆっくりと開く。牙と牙の間をねとつく粘液が糸を引いているのまで分かる。集中する意識の中、迫る魔物の動きも、もはや止まった標的を斬るに近い。

抜刀と同時に二つの首が飛ぶ。

この一瞬の駆け引きに二回の抜刀で済んだのは僥倖《ぎょうこう》だ。そのままジッと他の魔物の動きが無いか確認する。よし……大丈夫そうだが、やはり血の臭いで他の魔物が集まるのが怖い。いつものようにすぐにその場を離れる。

「アクセサリの効果を何か感じたか？」

「魔法がすごく楽になって、槍も力が乗る感じがありましたが……階梯《かいてい》が上がってるからかもしれません」

「そうなんだよな、俺も階梯が上がってから初めての戦闘だから。五山はあまり得意な技じゃないんだが、かなり動きがコントロールしやすくなった感じはあるんだが……」

「マイナスでは無いようですので。もう少し様子を見ましょう」

……いや、それでもここまで綺麗《きれい》に回れたか？　思い通りに五山をコントロール出来たことに違和感を覚え、神民録《しんみんろく》を確認する……。

「……え？」

――菊水景光流『奥伝位《おくでんい》』――

……伝位が、上がってる？　変わるのか？　まだまだ……俺の実力も。

◇◇◇

狼の魔物に襲われてから、更に警戒を強く進んでいく。

それから三日。まだ俺達は生きていた。街道沿いの避難小屋は途中で見かけなくなる。

昔はあそこら辺が魔物の出現が多かったりしたのかもしれない。

そして、ようやく君島が二度目の階梯アップを迎えたようだ。やはり、実際にとどめを刺している俺と比べ上がり方はゆっくりなのだろう。三段階目の階梯アップは先かと思っていたが俺のほうが先にアップしている。

君島の階梯が上がり、体調不良の症状が始まっていたが、少し頑張ってもらい森の中に入りそこで草木のカーテンを作ってもらう。

「ありがとう。頑張ったな。よく休め」

「いえ……よろしく……おねがいします……」

いっぱいいっぱいだったのだろう、遮蔽物を作ると君島《きみじま》は意識を失った。

これで君島はもっとランキングが上がるんだろう。薙刀が通るように成れば助かるのだが。特に今、魔物にトドメをさせるのは俺の抜刀だけだ。それでも四階梯になったことで四発は打てるとは思うのだが、弾切れのタイミングで魔物に襲われたら厳しい。

まあ、そうは思っていても上級の魔物が跋扈《ばっこ》する地域を五十年間取り戻せないということは、上級と戦える人間も少ないという事だ。通常、二階梯くらいでは魔物を斬れるようになるのは難しいだろう。

それなら……なんで俺が斬れるんだ？

異界スキルが相乗効果を出しているのは分かるが、疑問がないわけじゃない。

色々と魔力量の調節もトライはした。が、結果としては上手《うま》く行かなかった。

魔力を集中させるというより自分の全ての要素を集中させているような状況のため、魔力を減らすということは、他の要素、つまりスピードや力も総じて減ってしまうようだ。動体視力まで落ちるようで、魔物の速さにも対応出来ない。

そんなこんなで、俺はひたすら魔力を温存しながら、魔力が全回復しているときにだけ単体の魔物を見つけると攻撃を仕掛けるような感じでやっていた。

今回も、半日近く君島は眠りについていた。その間、俺は時々居合の構えをした集中状態を使っての周囲の索敵を行っていた。

そんな事を繰り返していると、何やら周囲に変化があった。突如魔物の気配が現れる。感覚的には空から舞い降りるような感じだった。

まずいな。どうするか。今の所向こうはこっちに気がついている感じはない。慎重に魔物の動向に注視する。一匹だけなので充分に対処も出来そうだが……。

いつもは血の臭いなどを警戒して斬ってすぐに場所を移動しているが、君島が眠っている以上それも出来ない……。

俺は少し緊張しながら、居合の構えを取ったままジッと魔物の気配をうかがい続ける。

……ん？　なんだ？

少しずつ魔物の気配が薄くなる。なんだ？　魔物は一つの処《ところ》で止まったまま一時間以上動かずにいる。……寿命を迎えた魔物が死んでいく場面なのか。それとも致命傷を負った魔物でもいるのだろうか……なんとなく気配の薄まり方といい、そういう感じがする。

パチッ……パチッ……。

……ん？　……何の音だ？　これは…………火事かっ⁉

魔物の気配が完全に薄らぎ、消えるころ、何やらパチパチと物が燃え始めるような音が聞こえてきた。焦げ臭い臭いもする。……やばい。こんな処で山火事に巻き込まれたら眠っている君島まで巻き込まれてしまう。突然の異変に俺は戸惑い焦《あせ》る。

くっそ。

支えていた君島をそっと木に寄り掛からせ、俺のリュックと君島のカバンから水筒を取り出す。こんな物でも無いよりましか。

そっと魔物の気配が消えた場所まで行くと、そこには真っ赤な大きな鳥が横たわっていた。その鳥から熱が発せられているようで、周りの木に火が燃え移り始めていた。慌てて水筒の水を掛けるが、こんなものは焼け石に水だ。周りの藪《やぶ》を切ってなるべく鳥に触れないようにしていく。付いた火は必死で踏んで消していく。

周りの延焼をある程度止めると、今度は土を掘り必死に鳥にかけていく。しかし鳥はどんどんと燃えていく。周りの木や葉っぱとの距離はだいぶ空けられたが、なかなか鳥の発火が止まらない。

「ええい！」

もう俺だって階梯が三つ上がっている、素の力だって日本にいたころとはだいぶ違う。

少し悩んだが鳥の足先をグッとつかむ。

「あっつ！」

熱さに歯を食いしばり、そのまま鳥を引きずりながら坂を下る。ちょうどここの街道はだいぶ下の川に近い。俺は一気に坂を下り、その勢いのまま川に向かって鳥を放り投げた。

ドボン！　ジュゥウウウ～。

はぁ、はぁ、はぁ……。なんなんだこいつは。

川を見ると真っ赤な鳥は流されながらも燃え続け、ジュウジュウと煙が立っていた。

はぁ、はぁ。……そうだ。火事は？？？

慌てて坂をよじ上り鳥が燃えていたところに向かう。生木などが燃えるには接する時間が短かったのだろう、火はある程度消え、ジュクジュクと湯気が上がる程度になっていた。

それでもまた火が付いたら危ないと、足で怪しいところを踏んでいく。すると、何か土の下に硬いものが埋まっているのに気が付く。……なんだこりゃ？

掘り出してみると真っ赤な卵が出てきた。ダチョウの卵よりもう少し大きい卵だ。

……これを産んで死んだのか？

まったく意味が解《わか》らない。だが、周りの警戒はし続けていたが、あまり君島から離れてはいられない。火が消えたのを確認すると俺は水筒と卵を拾い、葉っぱのテントに戻った。

テントの中に入ると、君島は木にもたれかかったまま穏やかに息をしていた。顔色もだいぶ良《い》い。少しずつ階梯の上昇で身についた能力が馴染《なじ》んできたのだろうか。俺はホッと一息つき、まじまじと手にした卵を見る。

……ゴクリ。

最近、ビスケットの様な携帯食しか食べてない。サイズ感はおかしくても卵……卵だよな？ そう考えるとこの卵を食べてみたい欲求に襲われる。よし。君島が起きたら相談してみよう。俺は火を起こせないからな。君島なら起こせるかもしれない。ふふふ。

俺は卵を着ていないシャツで包み、そっとリュックの中にしまい込んだ。

「ううん……」

それからしばらくして、ようやく君島が目を覚ます。気だるそうな顔で目を開けた君島はしばらくそのままの表情で俺の顔を見つめる。

「大丈夫か？」

「……」

「ど、どうした？」

「……」

なんだ？　まだ調子が良くないのだろうか。何も言わないまま俺を見つめる君島に焦って、オタオタしてしまう。

「先生……。何処《どこ》か行っていたんですか？」

「な、なんで？」

「起きたら硬い木に寄りかかっていたので……」

「あ、わ、わるい。痛かったか？　いや、魔物が居てな？」

「魔物……それはしょうがないですね、大丈夫でした？」

「あ、ああ。魔物は傷を負っていたのか俺が近寄った時には死んでいたんだ」

「そうですか……よかった……」

君島は体を起こすと今度は俺の方に倒れかかってくる。俺は慌てて君島の体を支える。

「温かいです……」

「そ、そうか……」

「はい、とっても……」

「ん？　お、おい。君島？」

「すー、すー」

俺にもたれかかったまま君島は再び眠りについていた。

「なんか……焦げ臭くないですか？」

目を覚ました君島は開口一番、焦げ臭さを気にする。そこで俺はさっきの一部始終を説明する。なんで燃えていたのかも分からないが……火の魔法でも受けて逃げてきたのかもしれないという結論に成る。そしてそのまま、火が消えること無く死んだまま山火事が起こりそうになったのではと。

君島は卵を食べる事に関しては、あまり乗り気じゃ無さそうだ。

「だって大丈夫ですか？　割ったら半分雛《ひな》になってたらとか……ちょっと嫌ですよ？」

「いやあ、それはないだろ。ここに卵がもともとあったのなら分かるが、何処からかやってきた魔物だぞ？　産んだばかりだろう」

そう、普通の考えをすると何から何までおかしい。死を前にして突然産卵したのか。産卵した卵を足で持ち運んでいたのか。はたまたもともとここに卵があったのか。魔物を俺達の世界の動物の常識に当てはめて考えるのは間違っているかもしれないが、不思議だ。

卵を調理するとしても、今は厳しい。煙を見て何かが寄ってくるとか、不安もある。俺はいつかの贅沢《ぜいたく》のためにそれをリュックの中に戻す。

「もう少し歩こうか？　いけるか？」

「大丈夫です。もうだいぶスッキリしました」

「よかった、なんかさっきはだいぶ寝ぼけてたからな」

「寝ぼけて……ましたか？」

「あ、いや。眠そうだったってことだ」

「すみません、ご迷惑を――」

「いやいや。迷惑じゃないぞ。少しずつ階梯《かいてい》も上がって、体力的にも楽になればいいな」

「そうですね」


そこから俺達は、また道に戻り進みだす。

道は、だんだんと上り坂になっていた。丘を上るような感じだ。それでも階梯を上げた二人は特にバテる事無く上り坂を進んでいく。

やがて日も傾き夕焼けが空を赤く染める頃、上り道の頂上らしきところに着く。上りきった場所は木もまばらで石がゴロゴロしていた。そこで俺達は一息つくことにした。

火事を消そうと撒《ま》いてしまったため、空になった水筒に君島が水を入れてくれる。それをグビグビと飲みながら周りの景色を見渡す。

……あれ？

まだまだ遠くだが、この道沿いに街のような壁に囲まれた集落が見えた。そしてそのさらに奥の方から一筋の煙が立ち昇っていた。

「君島《きみじま》っ」

隣で自分の水筒に水をためていた君島に声をかけ、立ち昇る煙を指差す。

「あ……。あれって」

「ああ……人が……いるのかもしれない」

「やっぱり、そうですよね？」

「でも、どのくらいなんだ？　だいぶ遠いのか？」

「はい。でも、もう少し……ですね」

思わず走ってその煙まで走って行きたく成る……が、もう日も沈み始めている。今からだと厳しそうだ。俺達は今日のうちに煙の場所へ行くのを諦め、途中で休むことにした。

明日には人に会えるかもしれない。

見えなかった暗闇に光が差し込み、明日への希望を持って夜を過ごす。

次の日。日が昇り辺りが明るくなり始めると俺達はすぐに動き出す。最初に貰《もら》った携帯食の最後の一本に手を付ける。ポリポリと齧《かじ》りながら準備をする。

「これで携帯食の七本は終わりだな。やっぱり仁科《にしな》達に予備を貰《もら》えてよかった」

「そうですね……今日あの煙を出している人達と合流出来たら、良いですけどね」

「うん。だけどまあ、彼らが余分に食料を持ってるのかもわからないし、まだ予備を食べることになるかもしれないけどな」

「ふふふ、そうですね」

　昨日の煙の場所に向かえば人に会える。そう考えるとすぐにでも向かいたく成る。しかし、そこまで行く間にだって魔物は居る。慎重に向かわないといけない。

　今は煙は見えないが方向はちゃんと覚えている。問題なく到着出来るだろう。距離の感覚は分からないが、間に街の跡のようなものまである。目印になるだろう。

　所々ひび割れた道を進んでいく。下り道が続くのも有り、スピードも速めに成る。

　気持ちにゆとりが出てきたせいか、歩きながらどうしても意識してしまう事がある。

　君島のランキングだ。階梯が再び上がり何処まで上がっているか、気になる。しかし聞くのも怖い。俺は三つ上がって五百万位。君島は一つ上がった時点で百五十万まで上がっている。おそらく今回ので桁が一つ下がるだろう。

　君島も俺が機嫌を悪くすると思うのか言ってこない。……ここは大人の俺から聞いてあげるのが正解かもしれないな。少し休憩を取りつつ君島に話しかける。

「あー、なんだ……君島」

「はい？　どうしました？」

「階梯上がってどうだ？　何か変わった感じするか？」

「そうですね、昨日の上り坂も全然疲れませんでした。色々変わっていそうです」

「そうか……」

「はい……」

「……………ランキングは……。どうなった？」

「……ランキング。ですか？」

「お、おう、ぐんぐん上がっていく若者を見るのは楽しいんだぞ」

「え〜。そんな年寄りみたいな事言わないでくださいよ」

「ん？　まあお前達から見ればおじさんだろ？」

「……そんな事無いです」

「そ、そうか？」

「はい、全然ありです」

「え？　ありって……？」

「っ三十万くらい……。でした……」

「ん？　あ、ああ。良いなどんどん可能性が伸びていて！」

「はい。ありがとうございます」

「お、おう……」

そうだな。学校の教員の中じゃだいぶ若い方だったし。うん。この世界に来てギフトだってそれなりに貰っているんだ。自分で自分を年寄り扱いするのはやめよう。

俺はランキングを聞く前の君島の言葉にいっぱいいっぱいになっていた。


やがて街の壁が見えてくる。壁といっても以前農場の周りに建っていたようなそこまで高くない壁だ。近づいていくと、この壁もかなり壊され被害を受けているのが分かる。

「人が居る街ではなさそうだな」

「そうですね」

とは言うものの、中からはなんとなく人の気配がする。警戒しながら道の脇の林の中に紛れてそっと街に近寄る。

あれは……。

ギャッラルブルーで見たイボイノシシの魔物によく似ているが……もう少しスッキリし

ているのか。角などは無い。そんな顔をしたイノシシ顔の魔物達が集落を形成し生活をしている。数もそれなりに居そうだ。廃屋などをそのまま自分達の暮らしに使っているような、そんな異様な景色が広がっていた。

横で君島も驚いたように息を呑《の》む。それはそうだ、魔物が人の作った街を使って生活をしている。なんともおぞましい光景に俺達はそっと後ろに下がっていく。

「駄目だな、迂回《うかい》しよう」

「はい……」

今まではせいぜい狼《おおかみ》の魔物が集団で狩りをするように襲ってきたくらいだったが、基本的に単独の魔物が多く、その為《ため》それを狙って階梯を上げたりするという無茶が出来た。

しかしこれだけの集団だと、無理だろう。見つかった時点で集団に追われる。

もしかしたら、これだけの集団で集まるというのはそれだけ他の魔物と比べて強さ的には劣るのかもしれないが、それでも数というのは脅威であることに間違いない。

「先生……。あの時の煙って……さっきの魔物達の？」

「……それはわからん、確かに知恵は在るようだが……。火を起こせるかは……」

「そうですね」

「まだ、望みは捨てるな」

「はい……」

あれだけの数の魔物を見た後だ、どうしても警戒して進みはゆっくりになってしまう。煙を出していたのが人間だったのか、それすら不安になる。二人は森の葉に紛れながら、言葉少なく歩いていった。

街はそこまで大きい規模では無さそうだが、外から見た感じだと外壁はそこそこ長く続いている。木々の隙間からやっと壁が見えるくらいの距離で俺達は進んでいた。

もう少しで、壁が終わりそうな所まで来た時だ。先程のイノシシ顔と同じ魔物が二匹、足を引きずり全身に怪我《けが》をしたように村に向かってくるのが見えた。

驚いたことにそのうちの一匹は原始的な斧《おの》のような武器を持っている。

武器……か、それなりに発達している部族のようだ。もともと魔物の世界だと言っていたが、もしかしたら彼らは原住民なのかもしれない。

ジッとやり過ごし、奴《やつ》らが壁の向こうに見えなくなるまで待って再び歩き始める。

「やっぱり、道具は……使ってましたね」

「……そうだな」

やはり君島もそこは気になったようだ。

それでも俺達は進むしか無い。この先に人が居ても居なくても。街道を進めばやがて人里が在るという事実は曲がらない。そのまま街を背にし、しばらく進んだときだった。

ドン！　ドン！　ドン！　ドン！　ドン！

ウォオオオ！　ウォオオオオ！

後ろの街の中から太鼓の様な音と共に魔物達の雄叫《おたけ》びが響き渡る。

「な、なんだ⁉」

慌てて身を伏せる。君島も葉っぱのテントをゾワゾワと生やして俺達の身を隠そうとする。壁の中では更にヒートアップするように魔物達の叫び声と地響きの様な足踏みの音が鳴り響き、イボイノシシ達の十匹以上の集団が街の門から、俺達が行こうとした先へ走って向かってくる。

先程の二匹が何か他の魔物にでもやられたのだろうか、怒りに燃えた狂気の集団のように口々に何かを叫びながら走る。そして各々《おのおの》手には様々な武器を持っていた。

「巻き込まれないようにしよう」

「はい……あ、でも……。争いの相手が、人間ということは？」

「そうだな。だが、そうだとしてもここまで来てるんだ。もしかしたら軍隊とかが魔物を狩りに来ているのかも……」

「そうなら……いいですが」

くっそ。本当にわからない。この先で何が行われているのか。俺達は、魔物達に見つからないように気をつけながらも前に進むことにした。

魔物の集団が向かう相手が何処《どこ》にいるのか分からない、だいぶ先なのかもしれない。ゆっくり進む俺達との距離はすぐに開き、やがて魔物達の雄叫びも聞こえなくなる。

しばらく進むと、前の方からドーン、ドーン、と大きい音が聞こえてくる。何が起きているんだ？　俺達は道を避けて林の中を進んでいるため、遠くのほうが見えない。焦《じ》れるが他の魔物が居ないともいえない。警戒しながらジリジリと進んでいく。

しばらく進むと遠くで争っているような音が聞こえてくる。集団と集団が戦っているような音だ。かなり激しい戦いになっている。時々大きな音とともに赤い光のようなものが立つ。あれは、魔法か？　更に近づいていくと、片方はどうやら人間達で間違いないようだ。叫ぶ声が俺の理解出来る言葉として耳に届く。

「フォーカル！　バフが切れた！」

「あいよ！」

「おめえらも効かなくて良いから魔法をぶっ放せ！　止めるんじゃねえ！」

「カートン！　てめえ俺達を盾にっ、ぐぅああ！」

ようやく戦いになっている現場までたどり着く。やはり人間と魔物が戦っている、と手助けしようと思った時だった。いきなり衝撃的なシーンが飛び込んでくる。一人妙にデカい男が目の前の人間に大剣を振り下ろしていた。

慌てて俺と君島《きみじま》は藪《やぶ》の中に身を沈める。周りを見ると人間達が優勢になっている。あれほどいた魔物の軍勢がだいぶ減っていた。その中で異彩を放つ男が二人。一人は先ほど仲間と思われる男に剣を振り下ろした奴だ。魔物にも負けないほどの筋骨隆々の大男が複数の魔物を相手に巨大な剣を振り回し、優位に戦いをしている。そしてもうひとり、フードを被《かぶ》った魔法使いの男。杖《つえ》を一度魔物に向ければ、巨大な火球が魔物を焼いていく。

他の戦士達も必死に戦うが、この二人のように安易に魔物を倒す事が出来る者は居ない。魔力が足りないのだろう、必死の攻撃も魔物を傷つけることは出来てもなかなか致命的な傷までは与えられないようだ。後方にいる魔法使いも必死に魔法を撃っているようだが、同じように有効なダメージを与えられない。だからだろう、戦士達はひたすら守りに徹し、二人の男が魔物を始末してくるまで耐えるように戦っていた。

それにしても……男の風貌がヤバい。そういう人種なのかもしれないが、山賊といっても通じるような、けっして良い人《い》には見えない風体だ。しかも彼に文句を言うように怒鳴りつけていた戦士に黙って剣を振り下ろすのを目撃してしまっている。

地面には多くの魔物と、人間もそれなりに倒れている。ただ、見れば粗末ながらも揃《そろ》いの鎧《よろい》を着た戦士ばかりが地面に転がっている。「俺達を盾に」そう叫びながら斬られた男も、同じように揃いの鎧を着ていた。生き残っているのはカートンと同じ様な不揃《ふぞろ》いの鎧に身を固める男達だ。

……嫌な予感しかしない。

君島の方を見ると、少し困ったように見つめ返してくる。君島も彼らが良い人なのか判断がつかないのだろう。

「こいつらは、危険な気がする……んだ」

「……はい」

やがて最後の魔物が、大男の一撃で倒れる。あれだけの魔物を相手に凄《すさ》まじい。俺達はじっとその様子を窺《うかが》っていた。

その時、あの魔法使いが俺達の方を向く。

「いつまでそこに隠れている。燃やすぞ」

気づかれていた？　突然の事にどうして良いか分からず茂みの中で動けずに居る。

「おいおい、俺たちゃそんな気が長く無いんだぜ？　三秒で出てこい。三！」

そう男が叫んだ瞬間、手のひらにデカイ火球が生じる。

「二！」

やばい。本気だ……。

「まってくれっ！」

俺は後ろに回した手で、君島にそこにいるようにと合図をしながら顔を出す。

「もう一人は？」

くっ。気がついているのか。俺が返答に詰まっているとガサッという音がして、君島が俺の隣まで来た。君島の方を見た魔法使いが目を見開く。

「ヒュー。えれえ別嬪《べっぴん》さんじゃねえか。なんでこんなところに居るんだ？」

「そ、その……道に迷って……」

「道？　おいおい。道に迷ってこんなところに来るわけねえだろ？　州軍か？」

「州軍？　いや……。違う……」

「ふうむ……」

魔法使いの男は神経質そうな顔で俺達を見定める。

「おおい。フォーカル。あんまイジメてやるなよ」

そこに例の大男がやってくる。くっ……こうして近くで見るとヤバい。二メートルをゆうに超える大男だ。

「カートン。またおめえは……女だろう？」

「くっくっく。おいおい、誤解されるような事言うなよ」

「コイツらは俺達が戦っているのを、ただ見ていたんだ。分かるか？　これだけ人が死んでるのによ」

「おお、それはまずいな、人間と魔物が戦っていれば、普通は手を貸すよな？」

「ああ、それが普通だ。コイツらは隠れて見ていたんだぜ」

くっ……それを言われると確かに何も言えない。この二人の圧に嫌な汗が出る。

「だが、美人だ。俺好みだ。分かるだろ？　フォーカル。こんなところで何日も男の顔しか見てねえ」

「ふう？　……分かるがな、こんなところに居た奴らだぞ？　油断するんじゃねえよ」

「ファイヤーバードだって逃した。この可愛《かわい》いねえちゃんくらいは逃したくねえな」

くっそ……俺は体をずらし君島の前に入る。

「お、ナイト様だぜコイツ。がははははは」

「ナイトなもんか、腕輪とおそろいの指輪、夫婦だろ？」

な？　……おそろいの腕輪と指輪……だと？　そんな風習が？

だがこの魔法使いの男、全く油断も隙もない。指輪と腕輪の意匠が同じことも目ざとく見つけている。俺はどうしていいか分からず、ただ二人の会話を聞いているしか出来なかった。それに対して大男は無遠慮に下品な視線を君島に向けてくる。

「それにしても……何処から来たんだ？」

「その……ギャッラルブルーから……だ……」

「は？　なんでまた？」

「天空神殿から……誤って飛ばされて……」

「ほう……。天空神殿ねえ。転移者か」

「そうだ」

「ギャッラルブルーからここまではだいぶあるじゃねえか、どうやって来た？　転移してきたばかりで階梯《かいてい》だって上がってねえだろ？」

「……隠れて」

「……ぎゃははは。なるほど、ひーひっひっひ。確かになあ。魔法で索敵かけなくっちゃ俺だって見過ごしてたわ。すげえなあ。おめえら。よくぞまあここまで逃げてきたわ。くっくっく……」

「おい、フォーカル。まだかよ」

「ああ、いいぜカートン。この女も階梯が上がってねえ。だけど、壊すなよ」

「や、やめろ！」

くっそ。勝手に話を進めやがって。

俺はすっと左手を刀に向ける。……やるしかないのか？　相手は人間だぞ……。

——俺の動きを見た瞬間、空気が変わる。笑い転げていた魔法使いもピリッとした殺気を浮かべる。

「おい……やろうっていうのか？」

「お、お前らが……だろ？」

「ふう……転移したてでさ。分からねえのはしょうがねえけどよ。お前、何位なんだ？」

口調とは裏腹にフォーカルが緊張感を緩めることなく聞いてくる。

「な……何位だって関係ないだろ？」

「良くて数十万、下手したら数百万……ってところか？　あ？」

魔法使いは俺の顔を見て、合っているのを確信したようにニヤリと笑みを浮かべる。

「俺だって巷《ちまた》じゃちっとは名を知られてるんだぜ？　三二八位、八階梯の魔法使いだ」

「三桁！」

「くっくっく……足りねえか？　絶望が？」

「な、なんだよっ」

「この大男はな、八十七位だ」

「な……」

　この時の俺は、さぞかし絶望に満ちた顔をしていたのだろう。再び二人がたまらないといった顔で爆笑をする。聞いていた後ろの三人も同じように笑い転げていた。

　この世界の最強ランキングといわれる神民位譜《しんみんいふ》の百位以内の人間は天位《てんい》と呼ばれる。世界の各神殿には常に天位の人間の名前が掲示されているという。二億人居るこの世界の上位百人のうちの一人の男が今、目の前で獰猛《どうもう》な瞳を君島に向けていた。

「先生……」

　俺の後ろで君島がおびえたような声を出す。当然だ、下卑たセリフと共に語られる言葉。子供とはいえもう高校三年生となれば、その意味も解《わか》る。俺は怒りと共に何とも言えない吐き気を催す。

「お前ら……。この子は……まだ子供だぞ？　……何を考えてる」

「フォーカル、めんどくせえな、こいつ」

「くっくっく。見ろ。絶望的な差を知っても彼女を守ろうとする。美しいじゃねえか」

「そうか？　まあ、この女は十分美しいがな、がははははは」

駄目だ、こいつら……人殺しを楽しめるタイプだ。下手したら君島だって……。

「君島……。逃げろ……」

「先生、ダメっ！」

「いいからっ！」

俺の意思を感じ取る君島は、俺の言葉に従おうとしない。だけど……この状況。女性は厳しい。捕まったら確実に酷《ひど》いことになる。

……。

そんな事……させやしない。

俺は親指を鍔《つば》に乗せ、グッと重心を下げる。

「馬鹿ぁがぁあ～むぅ～～りぃ～～～～……」

もう話には乗らない。集中を極限まで高めていく中で、フォーカルの言葉までゆっくりと進み始める。周りと俺との時間軸がずれていく。俺の殺気に当てられたカートンが顔をゆっくりと憤怒《ふんぬ》の形相に変えながら巨大な鉈《なた》のような剣を振りかぶろうとするのが見えた。

やはり天位。反応も速い。人殺しにためらいのない目をしている。

……後悔は後でよい。

決めたらもう止まらない。祖父《じい》さんだって日頃言っていた。「活人剣など綺麗《きれい》ごとだ。これは人を斬るための技術だ」と。そうだ。君島《きみじま》を守るのが、今の俺の責務だ。

鯉口《こいぐち》を切るや否《いな》や刀を抜く。天位を前にしても、時間は完全に俺の物だった。さすがは天位。俺の時間の中でもカートンの剣はかなりのスピードを残す。だが問題ない。俺は一歩踏み出し、刀を斬り上げる。カートンの目には俺の動きが見えたのだろうか。

血を払いつつ再び刀は鞘《さや》に。集中は切らさない。

分断される大男の向こうで、魔法使いの顔がゆっくりと驚愕《きょうがく》に染まっていくのが見える。こいつも名うての男なのだろう、驚いた顔をしながらも右手のひらに火球が作られ始める。グイッと左手を捻《ひね》り鞘の角度を調節する。刃を上向きに。そのまま抜刀しながら刀は斜めに弧を描き火球を分断、そのまま刃筋は止まらずに魔法使いの体を袈裟《けさ》斬《ぎ》りにする。

……あっけない。実にあっけない。これだけの動作で人の命を刈れてしまう。

残った三人は事の成り行きに付いていけず、凍り付いたように俺を見つめていた。

「ふ……ふざけやが……って……」

フォーカルはただそれだけを言い残し、その場に崩れ落ちる。俺は高揚する気持ちのまま膝を折り、仰々しく演技ぶってフォーカルのローブで刃を拭う。そして徐《おもむろ》に立ち上がり、チャキッと鞘に納め、ゆっくりと、三人を見回す。

「お前らも……やるのか？」

「ひっ！　堪忍《かんにん》してくれっ！」

おそらくこの二人がグループの骨梁《こつりょう》だったんだろう、完全に心が折れた三人はそのままその場から逃げ出す。俺としても、無理やり殺生《せっしょう》を重ねるつもりは無い。去っていく三人を見つめながらフウと、震えるように嘆息する。

斬った……人を……。

男達が去り、目の前の危機が薄れると同時に、罪悪感が濃度を増してくる。目の前に転がる二つの死体。憤怒の形相のまま俺を見つめていた。

……。

仕方なかった。仕方なかった。仕方なかった。……。

必死に心にすり込もうとするが、どす黒い感情が全身を覆っていく。

殺した……人を……。

はっつっつはっつっつう。

動悸《どうき》が速まり、呼吸が苦しくなる。必死に息を吸うのに酸素が足りない。ダメだ……どんどんと苦しさが増す。いつもの様に深呼吸をしようとするがだめだ、上手《うま》くいかない……。

「先生っ！」

朦朧《もうろう》とする意識の中で君島の声が聞こえる。

君島……。先生は……人を……。

「先生！　先生！」

君島の声がするのに、君島がどこにいるのかも把握出来ない。

「あ……あ……」

「先生！」

冷え切った心に、君島の声が染《し》み渡《わた》る。……君島……俺を……温めて……。

君……島……？

途切れそうな意識の中、目の前に…………君島の目が俺の目を覗《のぞ》いていた。

なに……を？

……俺は、グッと君島に抱きしめられ……。唇をふさがれていた。

……。

「んぐっ！」

一気に意識が鮮明になっていく。

その、圧倒的な……感触に……俺は……なすすべなく……。

……。

どのくらい続いたのか。やがてどちらからともなく離れる。君島は背伸びをしていたのだろう。すっと俺の首に巻かれていた腕が解かれ、顔の位置が下がる。

俺は、君島の顔が遠ざかって行くのを少し寂しい気持ちで見つめていた……。

……。

……って！　これはまずいっ！

「君――」

「ごっごめんなさい！」

「え……いや……」

「先生……過呼吸みたいになっちゃって……紙袋とか……なくて……」

「あ、ああ……そうか……そうだな、過呼吸か」

「……はい」

か、過呼吸？　そ、そうだな、二酸化炭素を供給することで……過換気症候群を……。

いや、違うだろう。それは解っているはずだ。だが、それを認めるわけには。

無意識にまだぬくもりが残る唇に指をあてる。それを見た君島が、顔を真っ赤にする。

その姿を見て、俺もまた意識をしてしまう。

「……あ、ありがとうな。助かった」

「……嘘《うそ》です」

「え？」

「過呼吸なんて嘘。……先生が、私のために、どんどん……自分を犠牲にして……」

「君島？」

「私のために、先生ずっと無理してっ、私ずっと甘えていてっ！　先生だって怖いんだってっ！　そしたら……思わず……キス……してしまいました……」

「君島……」

「嫌……だった、ですか？」

「いやっ！　とんでもない！　……だけど……ほら……」

「なん、です？」

「吊り橋《つ　ばし》効果とか……あるだろ？　俺は……こんなおっさんだぞ？」

「吊り橋効果だって良《い》いじゃないですか」

そうだ、俺は教師で君島は生徒だ……年だって十歳以上離れている。学生が社会経験の豊富な先生に夢中になってしまうという話だってよくあることだ。そんなのだって、卒業してしまえばそれで終わるような、そんな……突発的な恋だ。

くっそ……。

不安げに俺を見上げる君島に、なんと言っていいかわからなくなる。間違いなく君島は美人だ。それは分かっている。性格だって悪くない。ここまで逃げてこられたのも君島のおかげだ。大した女性だと尊敬だって出来る。

だが……わからない。

いや、なんとなく、俺を頼って、この逃避行の仲間以上の感情を君島から向けられているのは薄々感じていた。こんな美人に頼られるんだ。駄目だと思っても、そんな感覚に少しトキメいていた自分を否定出来ない所もある。……甘かったのか？

……。

「と、とりあえずここを離れよう。……血の臭いが強すぎる」

「……」

「君島？」

「……え？　あ、はい」

……。教師として俺は……。

いや……ここは……。日本じゃない。別の世界だったな……。

堂本《どうもと》の言葉が頭をよぎる。

――ここは地球とは違う。全てがだ。分かるか？　俺達とアンタとの関係も、もう教師と生徒という立場関係で考えるな。もう別世界の話だ――

◇◇◇

カートンの天堕《お》ちは瞬《また》く間《ま》に世界中に広まる。世界中の神殿では常に天位《てんい》者の名前が掲示してある。早朝、掲示版を修正する神官達の動向はすぐに人々の知ることとなる。

カートンは「ワーウィック」と呼ばれる屈強の戦士達がやってくる世界からの転生者だった。その中でもまだ八階梯《かいてい》で天位に食い込み、今後階梯と共にもっと上に上がれる人材として期待されていた。

――スペルト州軍本部

「姉御ッ！　たっ大変ですっ！」

「姉御じゃねえよっ！　将軍って呼べって言ってるだろっ！」

「そ、そんな事より。先ほど神殿の方で、ランキングが……」

「ランキング？　……どうした？」

「その、カートンが……消えました」

ランキングの変動は無いわけではない。その時々によりランキングの順位を争うような戦いも起こる。ただ、天位者の多くは何らかの組織に所属し、その看板的な戦士として存在している。組織の最強として存在しながら、看板として仲間達に守られてもいる。順位を上げたいからと言ってそんな簡単に戦いを挑めるような環境ではない。

カートンは一介の冒険者ではあったが、「ディザスター」という結社に所属し、結社の第二席として一般に知られていた。その悪名高い結社を前にして戦いを挑めるものなどそうそういないだろう。

だが今回、カートンはランキングから姿を消した。割り込まれた訳でもない。この世からカートンという存在が消える。つまり死を意味する。

「……魔物にやられたか」

「いや、それが、どうやら何者かにやられた様で」

「なに？　置き換わりか？　誰だ？　……うちの者か？」

「いえ、誰も聞いたことが無い名前でした。シゲト・クスノキと……」

「知らんな……ん？」

まったく心当たりのない名前に考え込むが、ふと思い出す。最近人を探しに来た転移者がいることに。

「……タカトとミキはどうした？」

「階梯を二つ上げ終えたんで今朝ドゥードゥルバレーに向かいました」

「くっ。タイミングが悪いな。誰か向かわせて確認を取らせろ」

不満げにカミラは部下が部屋から出ていくのを見つめる。

──置き換わりだと？　……転移してきたばっかりだぞ？　ありえるのか？

「フレーべ！　ちょっとまてっ！」

「な、なんすか？」

ドアを閉めようとした部下が呼び止められ慌てて顔を出す。

「あたしが行く。準備をしな」

「え？　姉御が？」

「将軍と呼べって言ってるだろうが！」

この世界で生まれ育ったカミラでも、そんな話は聞いたことがなかった。万位程度のゴロツキが返り討ちにされる事ならいざしらず、天位だ。置き換わりをしたということはしっかりとお互い実力を出しての結果だ。不意打ちや毒殺などで殺したとしても置き換わりが起こらないのがこの世界のランキングだ。

「タカトとミキと一緒にうちに取り込めたら……いや、それも危険か」

厄介ごとの種が舞い込んできたのかもしれない。カミラは深くため息をついた。

◇◇◇

——グレンバーレン王朝

「トモキ、ここに居たのか」

「ベルムス殿下！　どうなされました？」

「シゲトクスノキはお前と一緒に転移してきた者だな？」

「はい……そうですが……」

「どういう男だ？」

「どう……と申されても、向こうの世界で僕達の学校の教師をしていた人です」

「ふむ、転移時に国に入った通知にもそう書いてあるな、魔力も身体能力も凡庸な者だったが……何か武術でもやっていたのか？」

「たしか……見たことはありませんが、居合というものをやっていたと聞いています」

「ふむ……」

目の前で考え込むベルムスを、池田《いけだ》は戸惑ったように見つめる。突然楠木《くすのき》先生の名前が出てきたのだが、何が起こったのか全く思い当たらなかった。

それもそのはず、一緒に転移してきた剣道部の仲間の中で池田は真っ先に転移陣でこのグレンバーレン王朝に飛んできた。その後に何が起こったのかも知らなかった。

「楠木先生に何か？」

池田はその守護する精霊から、王朝の所属のバーレン騎士団でなく、王家の直属のディルムン騎士団へ編入されていた。それゆえに王族であるベルムスとも度々会話をする機会があった。考え込んでいたベルムスがチラッと池田を見る。

「天位を食った」

「天位を？　食ったとおっしゃいますと？」

「八十七位のカートンというやつが居たんだがな、今日、そこがシゲトクスノキになった」

「……は？」

ディルムン騎士団はこの世界でも最高と呼ばれている人材が集まる騎士団だった。天位者もランキング二位「那雲《なぐも》」の呼称を得るウーリッチを筆頭に二十三名という圧倒的な人数を揃《そろ》え他国に対しても存在感を示していた。それだけに天位の桁外れさをこの一週間ほどで痛いほど感じていた。

——先生に何が……？

◇◇◇

——リガーランド共和国

「堂本……目が覚めたか」

「悪い、まただいぶ寝てたか」

「ああ、やっぱお前の階梯が上がった時の能力の上乗せは凄《すご》いんだろうな、俺達じゃ数時間というところだが」

「ん……無事に順位は上がってるが、天位にはまだまだだな……ん？　どうした？」

堂本が「天位」と口にすると、辻《つじ》と佐藤《さとう》が顔を見合わせて複雑な表情を浮かべる。

「ああ……実はな、天堕ちというのがあったんだ」

「天堕ち？」

「百位以内の、天位が戦いに敗れて順位が置き換わることを言うらしい」

「天位がか、それがどうした？」

「それが、その八十七位の天位を倒したのがな……楠木らしいんだ」

「楠木？　顧問のか？」

「そうだ。あいつが、天位に上がってる……」

　宿で堂本が寝ている間に、辻と佐藤は依頼の品の提出に冒険者ギルドへ行った。その時に天位の一角が堕とされた話を聞く。さらにそれを堕としたのは誰も聞いたことのないような名前だということで、冒険者達もその話で持ち切りだった。

「それにしても全く理解出来ない。やつは能力的にはモブだったはずだぜ？」

「……異界スキルが生きたのかもしれないな」

「それにしたって……あいつ居合をやってるって話だったたか」

「そう聞いてる」

「あんな、型だけの……」

「……本物だったということだろう……」

話を聞く堂本は少し嬉《うれ》しそうに二人に笑いかける。

「楠木が生きているということは、君島《きみじま》も生き延びた可能性も大きい。そういう事だろ？」

「あ、ああ。そうだな」

「いい話じゃないか。俺達の目指すところは八十七位なんていうチンケな順位じゃない。じっくり階梯を上げて行けば、そのくらいの順位は超えられるだろう」

「そ、そうだな。モブでさえ天位を倒せるんだ。俺達が階梯が上がれば……」

「辻」

「な、なんだ？」

「天位を堕としたんだ。楠木はモブじゃなかったという事だろ？」

「そ、そうだな……」

「急ぐ必要もないだろう。キッチリと階梯を上げていく。まずはそこからやっていこう」

◇◇◇

――冒険者ギルド自治領

薄汚れた格好の若者が、それ以上に黒く汚れた鍋に手のひらを当てる。やがて魔法が発動され鍋の中ではぐつぐつと何かが茹《ゆだ》っていた。アスファルトだ。

小日向《おびなた》は、ここに転移させられてからひたすらアスファルトを熱する仕事をさせられていた。未開の土地でより人間の生活圏を広げるために、道を作る。

――ぶっ殺す。

小日向の頭の中には激情が迸《ほとばし》っていた。しかし、首に巻かれた魔道具のせいで抵抗するすべはない。ひたすら、上役の言うように働くだけだった。

「シゲトクスノキを知ってるか？　お前と一緒に転移してきたんじゃなかったか？」

珍しくこの区画の責任者が近づいて来て小日向に聞く。この男が現場に来たのは初めてここに連れてこられた時以来だ。普段は労働者と目線を合わせることなんてしない。

「くそったれ……」

「やれやれ。お前の矯正はなかなか大変そうだな。だが一緒にこの世界に来た仲間達は楽しくやってそうだぜ。くっくっく」

何があったのかは分からないが、どうせ小日向にとって良い知らせの訳はない。このイラつきが増すだけだ。小日向は責任者を無視し、鍋に魔力を通し続けていた。

「……まあ良《い》い。そのシゲトって奴《やつ》が天位《てんい》になったらしいぜ。ギルド内じゃ大騒ぎさ」

「……天位？」

「お、興味をもったか？　なんでもカートンって冒険者と殺《や》り合ったようだな。そのカートンを殺して、シゲトって奴が天位へ上った。大したもんだな。お前とは段違いだ」

「楠木が？　……まさか、結月《ゆづき》……」

「おい、聞いてるか？」

「結月が……」

小日向がブツブツと何かを呟《つぶや》く。責任者は呆《あき》れたようにため息をつく。

「チッ。相変わらず訳わからねえな……コイツは」

第八章　到着

俺が人を斬った事実は無くならないが、それでこそ君島を守れた。そう思うことにして、俺は前を向いていた。

先程のイノシシ顔の魔物が再び襲いかかってくるのを警戒した俺達は足早にその場から離れる。先に逃げていったカートン達の仲間の三人が走って道を進んでいたため、おそらく道中に魔物がいれば先に彼らと戦いになっているだろうことは予想出来る。警戒を消すことはしないが、少しハイペースで進めるチャンスかも知れない。

しかし、俺達は微妙に気まずい気分の中で道を進んでいた。

俺には君島の気持ちを受け取ることが出来なかった。それから君島の口数は目に見えて減っていた。何か……出来ないか。少し悩みながら道を進んでいく。

……卵？

時間は夕方だ。そろそろ隠れる場所も考える時間だ。

「君島、火は起こせるか？」

「火、ですか？　付けるくらいなら……」

「その、なんだ。焚き火《たび》で卵を焼いてみないか？」

「……魔物に見つかりますよ」

「そこは、葉っぱとかで周りから見えないようにしてさ、どうだろう」

食事というのは気力の元になる。こんな携帯食を齧《かじ》るだけじゃカロリーは取れても気力は得られない。その為《ため》に卵を焼くなりして、どうにか食べられないかと考える。

君島は少し困ったように、それでも火を付けてくれる。木の系統の魔法は火の系統の魔法と相性が悪いらしく、本当に種火を起こすのがやっとのようだった。そこに集めた木の枝などを寄せ、火を大きくしていく。そして石を積んで台を作り、そこにそっと卵を載せた。

「半熟とかが好きだったりするか？」

「……本当に食べるんですか？」

「少しは、ちゃんとしたのを食べてみたいだろ」

「ちゃんと……なんですか？　これ」

「これだけ殻が厚いならこのまま焼いても、いい感じでゆで卵みたいになりそうだろ？」

「……半熟は嫌ですよ。って、食べるのだって……」

「そうだな、ちょっとじっくり焼こう。それで良いな」

「私はちょっと……」

まあ、初めての異世界で見たこともない魔物の卵だ、確かに躊躇《ちゅうちょ》する気持ちは分からないでもない。しかし旨《うま》ければ全てを凌駕《りょうが》する。根拠はないが、俺には自信があった。

パチパチと木が爆《は》ぜる中、卵は炎に包まれている。この大きさ、殻の厚さ、おそらく時間をかけて焼かないとだな。

……。

俺は少しワクワクしていたのだが、君島は気味の悪い物を見るような目で卵を見つめている。もう少し気分転換になるかと思ったが……少しずつ失敗に感じ始めていた。

それでも三十分は焼いただろうか、そろそろ良いかもしれない。そう思った時だった。

ポツリと君島が呟《つぶや》く。

「先生は……彼女とか居たんですか？」

「え？　お、俺か？」

「はい」

「いや……彼女は……」

ううむ。……最近英語の麻由里《まゆり》先生と何度か食事に行ったが……彼女というわけではない。同僚以上の気持ちは無かったわけではないが。今の今まで忘れていたくらいだ。

「好きな人とかは、居ました？」

「ん……どうだろう……」

「麻由里先生とデートをしていたって噂《うわさ》がありましたよね？」

「ぶっ。え？　なんで……そんな……」

「麻由里先生、男子に凄《すご》く人気だったから……特に辻《つじ》君とかもう、夢中で。先生の事怒っていたのを覚えています」

「そ、そうだったのか？　いやでも、一緒に食事をしたことがあったくらいだぞ？」

「……でも、先生。麻由里先生なら良い……んですよね？」

「な、なにが……かな？」

「今は……十八歳は成人なんですよ？」

「……え？」

「私、来月十八になるんです」

「そ、そうか……」

うぐ……。君島の貯《た》め込んでいたものが、溢《あふ》れそうになっているのか……。圧が強い。卵はそれからさらに火の中で……そろそろヤバい気もするのだが、それも言いにくい状況だ。

「もしかして、ミレーさんなら良いんですか？」

「み、ミレー……さん？」

「なんか天空神殿で、先生、ずっとミレーさんと一緒にいたじゃないですか」

「あ、まあ。……あれは色々とこの世界について――」

「ミレーさん綺麗《きれい》ですもんね。思い返すと先生、すごく鼻の下伸びてたかも……」

「え？　ほ、本当か？」

「……」

圧が……圧が……。俺はどうしていいかわからず、困り果てる。だが君島《きみじま》は止まらない。

「私が、先生って呼ぶからいけないんですか？」

「え？　いや、そういうわけじゃ……」

「名前で呼んだ方が良いですか？」

「な、名前？」

「先生も、苗字《みょうじ》で呼ぶのは止《や》めてください。なんか、他人行儀です」

「し、しかし……」

「結月です」

「ゆづ……き」

「重人《しげと》さん」

「いや、なんか、その。不自然……じゃないか？」

「……うーん」

何やら君島が考え込む。うん。いや女性にそんな好意を寄せられて喜ばない男性などいない。もちろん俺だって君島の見せる女性の表情に少なからずドキッとしてしまう。

だが、今の俺にはもう一つの問題が持ち上がっていた。

膀胱《ぼうこう》が溢れそうになっている。

「すまん、ちょっと……トイレに行きたいんだ。開けてもらっていいか？」

「逃げようとしています？」

「え？　いや。とんでもない、本当にトイレがっ。やばいんだ！」

周りを完全に樹木のカーテンで覆われていたので君島に出口を作ってもらう。そっと暗くなり始めた外に出て少し離れたところで用を足す。

……。

用を足しながらも、俺は自分がどういう態度を取るのが良いのか悩み続けていた。緊張からか、ちょっと肩が凝っている。俺は肩のあたりを軽く揉《も》む。

ん？　あまり肩を揉むと神民録《しんみんろく》が剝がれないか？　そんな不安がよぎりふと肩に目をやると何か違和感を覚えた。

……なんだ？　そう思い、再び肩を見るとどうもおかしい。なんだか表記がスッキリしている。というよりしすぎている。

俺が肩の紋をちゃんと覗《のぞ》こうとした時だった。

「え？　きゃっ！」

先程の場所から君島の小さな悲鳴が聞こえた。俺は慌てて君島のもとへ戻る。

「大丈夫かっ……え？」

急いでテントの中に駆け込んだ時、予想だにしない光景が目の前にあった。

ピヨッ！

……赤いヒヨコが、君島の膝の上でお座りをしている。

な、なんなんだ？　こいつは。

「君島っ！」

慌てて、外して立て掛けてあった刀に手を伸ばそうとする。

「待ってください！」

するると君島が俺を止める。どういう事だ？

なんだか変な体勢で固まったまま、君島の膝の上にいる赤いヒヨコを見る。見たことがないが、まるで噂に聞くカラーヒヨコだ。それでいて、大きさはヒヨコの大きさじゃない。小さめの鶏くらいあるんじゃないか。

「気をつけろ……ちょっと突《つつ》かれるだけで穴が空くんじゃないか？」

「大丈夫な気がします。殻が割れてこの子が出てきたときは、驚きましたが……」

「あぶなく……無いのか？」

「あんな火の中に居たのに、熱くないんです」

ヒヨコは君島の足の上で丸まるように首を羽毛の中にうずめてまったりしている。こうしてみると確かにまん丸な感じで可愛《かわい》いのかもしれない。それにしても、熱くない？

そっと、触れてみようと手を伸ばす。

バチンッ！！

「うぉおお！　あぶねっ！　やっぱ危険だ！」

「だめっ。ね。怖くないから」

俺が手を近づけた瞬間、俺の手を食おうと嘴《くちばし》でつついてくる。慌てて手を引っ込めたところで君島がヒヨコを抱きかかえるように押さえる。

「だっ……なんで？　大丈夫、なのか？」

君島が触れると、ヒヨコは再び気持ちよさそうに丸まる。

……何なんだ、こいつ。

「前何かのテレビで見たのですが、刷り込み、というのかもしれません」

「ああ、卵から孵《かえ》ったヒヨコが初めて見た生き物を母親と……でも魔物だぞ？」

「だけど、なんか私にすごく懐《なつ》いているんです……可愛い……」

「かっ可愛いか？　なんか、そいつ……妙にでかくて……俺の卵が……肉になった」

「たっ食べないですよっ！」

「あ、ああ……そうか？」

「当たり前です。食べません！」

そうか……卵は……無くなったか。ジーッと肉を見つめる。俺の視線に気がついた君島が肉を抱きかかえるように隠す。

女子は、こういう小動物が好きなのだろう。ストラップみたいにカバンからさげたりしてな。今の状況でこういうペット的な存在は心の拠《よ》り所《どころ》に成るのかもしれない。

君島が携帯食を少し砕いて手のひらに載せると、ヒヨコはおずおずとそれをつまむ。その姿がまた君島の心を摑《つか》むようで、俺の見たことのないような笑顔でヒヨコを見つめている。なんとなく……複雑な心境にならないわけでもない。

やがて、完全に暗くなると俺の横で君島はヒヨコを抱いたまま眠りについた。夜番をしている間、チラチラとヒヨコを見るが、ヒヨコは完全に安心しているように君島の腕の中で一緒に寝ていた。


翌日、そろそろ問題無さそうかと昼くらいから道沿いに歩き始める。君島を見れば、カバンに入った赤いヒヨコが上蓋から顔をのぞかせ揺られていた。

「先生。この子に名前をつけようかと思って。何かいい名前無いですか?」

「お前を母親だと思っているんだろ? だから君島がいい名前を考えてやればいい」

「う〜ん……」

名前はなあ。なかなか考えるのはむずかしい。

「ピヨちゃんとか、どう思います?」

「ピヨピヨ言ってるのはヒヨコの時だけだろ? 母親は俺より大きかったぞ?」

「え……。そっか。あれだけの卵ですもんね。うーん」

結局、燃える火の中で卵が孵ったことから、「メラ」と名付けていた。

やがて、道沿いにあまり見たくもなかった光景が目に飛び込んでくる。昨日逃げて行ったあの大男達の仲間の遺体だ。その横では狼《おおかみ》型の魔物が二匹食事に夢中になっていた。魔物の死体も転がっていることから、善戦はしたのだろう。

「大丈夫か？」

「はい……」

前方に魔物の気配を感じ、茂み沿いに現場を確認したが、君島は顔を青くしてショックを受けている。カバンの中からメラも心配そうに飼い主を見上げていた。

このまま食事が終わり、奴《やつ》らが去っていくのを待つ事も考えるが……。先日は匂いを感じ取るのか俺達より先に気がついていた。幸い今は、三人の血の臭いがあるから気がついていないのかもしれないが、風向きによってはどうなるかわからない。……行くか。

「君島はここにいろ。目の前で人が食われているのをただ見ているのはキツイ」

「はい……気をつけて」

「うん」

左手で腰の刀を握り、藪《やぶ》から出る。すぐに魔物は俺の方に気がついた。鼻のシワをグッと引き上げ、グルルルルと唸《うな》り声を上げる。一度殺した相手だ。怖くないとは言わないが、少しだけ心に余裕はある。

近づいてくる俺を威嚇するように唸りながら、二匹が臨戦態勢に入る。俺は歩みのスピードを変えず、ゆっくりと近づいていく。

……ここか。

直感なのか、魔物の間合いを感じる。この線を越えたらおそらくひとっ飛びで襲いかかってくるだろう。その線の前で腰を落とし右手で柄を握る。小指と薬指で柄糸の感触を弄びながら、鯉口《こいぐち》を切る。

間合いの直前で止まったことに魔物達は一瞬戸惑ったように感じた。不機嫌そうに俺に向け一歩踏み出す。自らの足で間合いに入った刹那、二匹が飛びかかってくる。

ライオン程もある巨大な狼がその顎を開くが、言ってみればそれだけだ。人のように両の手を使うような、技術を競う事もない。ゆっくりと確実に。その読める軌道を、読んだままに刃を滑らす。飛びかかる魔物の体が慣性のまま突っ込んでくるのを避けながら、一息で二匹を斬り伏せた。

◇◇◇

――ドゥードゥルバレー

「鷹斗《たかと》君、なんか天位《てんい》ってすごい人達が階梯《かいてい》を上げに来てて、結構間引いてくれてるって」

「ああ、聞いてるよ。でもちょっとあぶねえやつらしいじゃん」

「でもさ、その人達の行った道を行けば、魔物は居なくなってるんじゃないの？」

「う～ん……そこら辺はヤーザックさんに相談してだね」

ヤーザックは、ここドゥードゥルバレーの前線の指揮を取っている男だ。州軍の兵士達は戦士然とした荒くれ者が多い中、文官の様な腰の低い、そんな感じの男だった。


二人は無事に階梯を二つ上げ三階梯になっていた。この二つというのがこの世界じゃ大事な事だ。冒険者など戦う職業に就かない者でも、下級の魔物でもイザというときは対処出来るようになるため、三階梯までは上げるのが通常だった。

安全のため階梯が二つ上がるまで、より魔物の強さが落ちるヴァーヅルで戦闘訓練をしたのだが、思いのほか時間がかかってしまった。特に桜木《さくらぎ》の階梯が上がるとき、一日弱寝込む事になり、かなりの時間が潰される。

——こんなんじゃ何時《いつ》になったら先生を……。

仁科《にしな》は手詰まり感を感じていた。

階梯を上げに来ている天位の人の話を聞こうと州軍の詰め所に行くと、中が妙に騒がしい。ヤーザックの部屋の中で何かあったようで、部屋の周りに州兵達が集まり中の会話を盗み聞こうとしている。

「どうしたんだろう……」

「なんか、あったのかなあ、聞いてみよーか」

「お、おい」

桜木がトコトコと聞き耳を立てている州兵に近づく。

「すみません、どーしたんですか？」

「え？　いや、姉御が来てるんだ」

「姉御？」

「あ、いや。カミラ将軍だ」

「カミラさんが？　………なんだろう」

「カートンがやられたとかどうとか」

「え？　例の天位の人ですか？」

「ああ、ちょっとよく聞こえねえんだけどな」

桜木は物怖《ものお》じもせずに、強面《こわもて》の州兵のおじさんに話を聞く。州兵も突然声を掛けられ戸惑いながらも答えてくれていた。と、その時、勢いよくドアが開く。

「うるせえぞテメエら！」

蹴破るような勢いで開かれたドアからカミラが顔を出し怒鳴りつける。

「ん？　タカトとミキじゃねえか、丁度いい入れ」

「僕達ですか？」

「ああ、ちょっと聞きたいことがある」

カミラに言われ、部屋に入ると、ヤーザックがニコニコと椅子に座るように言う。ヤーザックの部屋は簡単な会議も出来るようにテーブルと、その周りには木の背もたれのないベンチが配置してある。二人はおとなしくカミラの前に座る。

「シゲトクスノキ、その名前を知ってるか？」

「え？　はい。知ってます……え？　見つかったんですか？」

カミラの口にした先生の名前に仁科が思わず身を乗り出す。

「いや。そいつは見つかってない。ただな、そいつが生きていることは分かった」

「え？　どういうことですか？」

「ランキングはわかるな？　あのランキングは能力値の強さだけじゃなく、ランキングの上位の人間を倒せばそのランキングと置き換わって上に上がることが出来る」

「は、はい……」

「最近この近辺で階梯を上げに来ていたカートンという奴がいるって話も知ってるな？」

「はい、天位の人だとか……」

「そいつの順位の名前が置き換わったんだ。シゲトクスノキに」

「え？」

思わず仁科と桜木が目を合わせる。

実際、仁科も楠木《くすのき》先生のことは信じていた。だけどあまりの成り行きに付いていけない。

「状況がわからんが、出来る限りの戦力を集めて街道を進んでみるつもりだ」

「僕達も一緒に行っていいですか？」

「強い魔物が出てきたらどこまで守れるかわからんぞ？」

「……はい、それでも。桜木は？」

「行く！　行かせてください」

「……まあ、お前達はそのためにうちに来たんだもんな。分かった。一時間後に出る。準備をしておけ」

◇◇◇

87位
クスノキ　シゲト
【守護】　オリエント
【階梯】　五
【異界スキル】　菊水景光流《きくすいけいこうりゅう》『奥伝位《おくでんい》』　集中

「え？　先生八十七位なんですか？」

「お、おう。そうなんだ、こないだのやつがそんなこと言ってただろ？　強いやつを倒せばランキングが上がるって話は聞いたが……まさかそいつのランキングまで上がるとは」

「それって凄《すご》いですよね、なんでしたっけ百位内の人の敬称……」

「……天位？　だったかな、なんか偉そうで嫌だな」

「ふふふ、でも、先生全然余裕でしたもんね」

「余裕じゃないって。あの時だってかなりパニックになっていたんだぞ？」

「……そ、そうですね」

あの後にパニックになった俺が……。その時の事をいろいろと思い出したのだろう、少し顔を赤らめて言葉を濁す君島《きみじま》を見て、俺も思わず視線をそらしてしまう。

それから三日。もうじきだと思っていたがなかなかそれらしい場所にたどり着かない。

ただ、明らかに魔物の強さは落ちている感じがする。特に階梯は上がっていないが、今日は君島の槍《やり》で魔物も仕留めている。俺が先日四回目の階梯上昇をすると、私も強くなりたいと、積極的に君島が前で戦うようになり始めていた。

「少し魔物のレベルが下がってきてるよな？」

「はい、私でも刃が通るようになってきました」

「人里が近いってことかもしれないな、少し急ぐか？　携帯食も心細くなってきた」

「そうですね……メラちゃんも食べるし……」

「ピヨッ！」

（ピヨじゃねえよ）なんて事は言わない。だが、食糧問題はちゃんと考えねばならない。

標高もだいぶ下がってきたのだろうか、少し暑さも増している感じがする。

「ちょっと暑くなってきましたよね。ここからは魔物は私がどーんとがんばりますので」

「大丈夫か？」

「危ない時は先生が助けてくれますから」

「お、おう」

……ん？　話をしていると先の方から気配がする。かなりの大群かもしれない。

「君島。何か来る」

「はい」

慌てて二人で道の脇の林の中に紛れ込む。葉っぱを茂らせそっと二人で息を殺す。「ちょっとがまんしてね」と君島はカバンの蓋を閉めてメラを隠す。

……人、か？

やがて姿を見せたのは人間達だった。全員武装をしている。

俺は先日のカートンの事を思い出し、顔を出すか悩む。山賊などの一派だったら、再び君島を危険な目に遭わせる。

ただ、あの魔法使いのように俺達のことを索敵する能力があるやつが居たら……。

君島も同じことを考えているのか険しい顔をする。

集団の中ほどには二騎、鹿のような長い角を後ろに伸ばした動物に騎乗した男性と女性が居た。どうやらこの集団の指揮官のようだ。俺達は息をひそめジッと通り過ぎるのを見つめていると、その女性が声を張り上げる。

「止まれ！　……ヤーザック、索敵を」

「索敵……ですか？　何かいましたか？」

「……そこか？」

真っ赤な髪の女性がピタッと俺達の隠れていたほうに顔を向ける。くっ……バレたのか？　横でヘラヘラした感じの男が面倒くさそうにこちらを向く。

「あ～。流石《さすが》です。でも人間ですよ？」

「うむ……当たりかな？」

まずい……集団も二人の会話を聞いて俺達の方を見ている。君島も観念したようにうなずく。どうやら魔法で索敵をされると今の俺達にごまかす術はないようだ。

ガサガサと草をかき分け顔を出す。一応左手は刀を抑えつつ。気を緩めずに。

「道に迷っただけだ。襲おうとか考えては居ない」

「……こんなところで道に迷う奴《やつ》がいるか」

「だが、本当なんだ――」

「先生！」

え？　集団の後ろの方から一人の少年が叫びながら走ってくる。後ろから同じように走ってくる少女の姿もあった。

あれは……。

ああ……。

そうか……。助かった……のか……。

「仁科《にしな》！　桜木《さくらぎ》！」

「先生！」

「しぇんぱ～い！」

走りながら涙でグチャグチャの顔のまま桜木が君島に飛びつく。仁科は俺の前まで来ると立ち止まり、目をうるうるさせながらどうして良《い》いのか分からない様な顔をしている。

俺は一歩前に出てグッと仁科を抱きしめる。

「ちゃんと……君島を連れて……来たぞ……」

ホッとした気持ちが、生徒を抱きしめた瞬間に一気に吹き荒れる。これまで我慢してきたものが堰《せき》を切ったようにあふれかえる。君島も、桜木も、仁科も……俺も、その気持ちを抑えきれなくなっていた。

あっけにとられた周りの男達は、そんな状況にわけが分からず固まっていた。

「ふう……本当にあそこから生き延びてきたんだな……まあ話は後で聞く……いや。一つだけ聞いていいか？」

騎獣の上から赤髪の女性が声をかけてくる。俺はかろうじてうなずいて返事をする。

「カートンをやったのはお前だな？」

「……ああ」

「その時にカートンの仲間と共にあたしらの仲間もいたんだ、そいつらはわかるか？」

「同じ……鎧《よろい》を着ていた男達か？」

「そうだ」

「……カートンに騙《だま》されたらしい。俺達が見たときはイノシシみたいな顔の魔物と戦ってみんな死んでいた……一人生きていたが、そいつもカートンに」

「……そうか。わかった。……一度街に帰るぞ」

女性はなんとも悔し気に呟《つぶや》くと周りに村へ帰ると伝える。

やがて俺達が落ち着くと、集団は村に向かって歩き始めた。

「これでディザスターがどう動くか……」

俺たちを見つめながらカミラが呟いた一言は、俺達の耳には届かなかった。

あとがき

まずはこの本を手に取って読んで頂いた読者様。それから、制作に携わって頂いた、編集様、イラストレーターの東西《とうざい》様、校正者様、もろもろの方に感謝の意を。

名のり遅れましたが逆霧《さかさぎり》と申します。このペンネームというのはなかなか考えるのが難しい物で、悩んだ末に、生まれ故郷の自然現象に「逆《さか》さ霧《ぎり》」というものがありまして、そこから取らせていただきました。

この作品が僕にとっての初めての書籍化第一号。……第二号三号が続くかは不明ではございますが、息をしている間は小説を趣味として書くんだろうな。なんて感じがしております。が、それだけにあとがきを書くというのも初めての体験。編集さんからの「明日までにあとがき宜《よろ》しく」の連絡で右往左往しております。

という事で今回は（？）自己紹介的になぜ小説を書き始めたか。そんな話からと。

自分は最近多いウェブ小説出身の小説家であります。元々は読専と呼ばれる投稿されている作品を読むだけの人でした。気軽に読めるため、仕事で空いた時間などに暇つぶしで読んでおりました。

そんな中、このコロナ禍《か》で仕事が暇になり。「ちょっと副業的に書いてみようかな？」という軽い気持ちが事の始まりで。書き始めるとそれがなかなか楽しくて、２年以上続いております。

一番初めに書いた小説は「とりあえず転生させておけば良いんでしょ？」という業界のブームなどを押さえぬままに書き、それでもそこそこ読んでもらえましたが書籍化のお話などないまま終わり、次の一作品は完全に趣味でウェブのニーズなどを無視したため、読者もつかないまま完結。（個人的には名作だと信じておりますが）

そして今回のこの作品が三作目となります。

思えばよく続いているなあとは思うのですが。ウェブ小説界の友達も増えてくると皆書籍化に向けて頑張っていて、毎日のようにどうすれば皆に読まれる面白い作品が作れるかと切磋琢磨《せっさたくま》している姿も励みになりました。その中で「逆霧さんもランキングを狙った小説を書こうよ」と仲の良い仲間《い》に言われたりして、今回の作品に挑みました。

もともと小説は好きで、子供の頃から読みまくっていました。今はもう無くなってしまいましたが近所に児童文学の専門店があって、ファンタジーも小学校時代に『ホビットの冒険』や、『ナルニア国物語』、『クラバート』等にハマって読んでいました。

でも、実はライトノベルはあまり手を出してこなかったんですよ。

たぶん人生で一番ハマったのは金庸《きんよう》という中国武侠《ぶきょう》小説の大家の小説で、金庸小説は全部読んでます。武侠小説は大ハマりしましたね。

今回の作品は、金庸では無いのですが、古龍《こりゅう》という同じ中国武侠小説家の『多情剣《たじょうけん》客無情剣《きゃくむじょうけん》』という小説の中に「兵器譜《へいきふ》」という世の中の達人たちの武器にランキングを付けて、その上位者達が強さを競うという設定がありまして、なんとなくそれを意識して書き始めたというものです。

兵器譜という事で、武器のランキングではあるものの、実際はその使用者の格付けで上位に居る達人たちは異様な強さを見せます。

その中で小説の主人公、李尋歓《りじんかん》の持つ小刀が兵器譜の三位にあり、一たび投げれば百発百中で相手を倒してしまうという設定が、とてもかっこよく。どうにかこういった主人公を作れないものか……。と悩み、一たび抜けば必ず敵が斬られる。そんなイメージとして居合を使う事にしたのです。

この李尋歓、強さもさることながら、科挙の試験で三位「探花《たんか》」という呼称を持っているインテリでもあり、そこがまた恰好《かっこい》良いんです。

この探花というのは知っている方もおられると思いますが、科挙の首席は「状元《じょうげん》」、次席は「榜眼《ぼうがん》」、そして三位は「探花」と呼ばれております。実はそれも参考にして、最強ランキングの一位から三位まで天曜《てんよう》、那雲《なぐも》、景星《けいせい》と呼称されるという設定を作ってあります。第一巻では二位のウーリッチという男が「那雲」と呼ばれているとチラッと書きましたが、今後どう出てくるか。と、言うところです。

だいぶ昔の作品なので書店などに置いてある事はないかもしれませんが、『多情剣客無情剣』も角川さんから出版されていたと思いますので、興味ある方は図書館などで探してみてください。

参考にしたとはいえ、武侠小説とは違ってこの世界は転生物のファンタジーです。内容は全く別のものとなっております。

書き始める前は、流行《はや》りの追放ざまあを……なんて事を思っておりましたが、書き始めてすぐに諦めることになります。

ひたすら逃げる。気を抜けば死んでしまうようなそんな過酷な環境で、どうやって生き延び逃げ切るのか。プロットを作らない僕としては読者以上にハラハラしながら書き続けたものです。

昨今、色々なコンテンツが増え、読書を楽しむ人も少しずつ減っていると聞きます。街の書店なども少しずつ姿を消しているというニュースも目にします。毎日のように書店に通っていた自分の子供時代を考えるとてもさみしい話です。

僕のこの作品が少しでも売れて、書店さんの売り上げに少しでも貢献出来たらうれしいと思います。

続編の事を書くと鬼が笑うと申しますが（？）もしこの小説の続編を刊行させていただく機会がありましたら、またあとがきで会いましょう。

逆霧

お便りはこちらまで

〒一〇二‐八一七七
ファンタジア文庫編集部気付
逆霧（様）宛
東西（様）宛

富士見ファンタジア文庫

最強《さいきょう》ランキングがある異世界《いせかい》に生徒《せいと》たちと集団転移《しゅうだんてんい》した高校教師《こうこうきょうし》の俺《おれ》、モブから剣聖《けんせい》へと成《な》り上《あ》がる

令和５年７月20日　初版発行

著者――逆霧《さかさぎり》

発行者――山下直久

発　行――株式会社KADOKAWA
〒102-8177
東京都千代田区富士見2-13-3
0570-002-301（ナビダイヤル）

印刷所――株式会社暁印刷

製本所――本間製本株式会社

※定価はカバーに表示してあります。
●お問い合わせ
https://www.kadokawa.co.jp/（「お問い合わせ」へお進みください）
※内容によっては、お答えできない場合があります。
※サポートは日本国内のみとさせていただきます。
※Japanese text only

ISBN978-4-04-074917-4 C0193 ◇◇◇

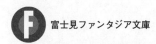

天上優夜《てんじょうゆうや》
異世界でレベルアップした結果、最強の身体能力を手に入れた少年
この少年
すべてが
シリーズ好評発売中！

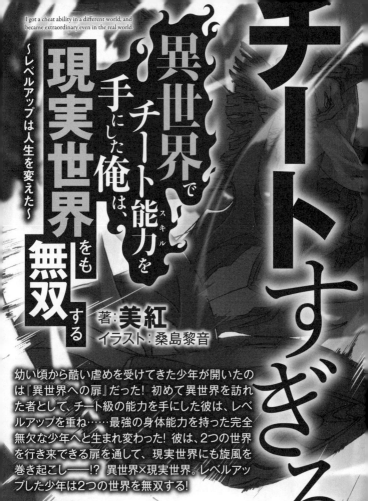

ティナ
四大公爵家のひとつ、ハワード家に生まれた公女殿下。なぜか誰でも扱える程度の魔法すら使うことができない。
変える
はじめましょう
アレン
公爵令嬢ティナの家庭教師を務めることになった青年。魔法の知識・制御にかけては他の追随を許さない圧倒的な実力の持ち主。
発売中!

無自覚最強
ハーレム！
シリーズ
好評発売中！
妹が女騎士学園に
入学したら
なぜか救国の英雄になりました。
ぼくが。
After my sister enrolling in Girl Knights' School, I become a HERO.
author.
ラマンおいどん
ill. なたーしゃ
ファンタジア文庫

だって学園の誰より
兄さんのが
強いですから

STORY

妹を女騎士学園に送り出し、さて今日の晩ごはんはなににしよう、と考えていたら、なぜか公爵令嬢の生徒会長がやってきて、知らないうちに女王と出会い、男嫌いのはずのアマゾネスには崇められ……え？　なんでハーレム？

切り拓け！キミだけの王道
ファンタジア大賞
原稿募集中！
賞金
《大賞》300万円
《金賞》50万円
《銀賞》30万円
選考委員
細音啓「キミと僕の最後の戦場、あるいは世界が始まる聖戦」
橘公司「デート・ア・ライブ」
羊太郎「ロクでなし魔術講師と禁忌教典《アカシックレコード》」
ファンタジア文庫編集長
前期締切 8月末日
後期締切 2月末日
公式サイトはこちら！ https://www.fantasiataisho.com/
イラスト／つなこ、猫鍋蒼、三嶋くろね